La hora sin sombra

Seix Barral Biblioteca Soriano

Osvaldo Soriano
La hora sin sombra

Prólogo de Tomás Eloy Martínez

Soriano, Osvaldo
    La hora sin sombra.- 2ª ed. – Buenos Aires : Seix Barral, 2009.
    240 p. ; 23x14 cm.- (Biblioteca Soriano)

    ISBN 978-950-731-411-7

    1. Narrativa Argentina I. Título
    CDD A863

Edición a cargo de Juan Forn
    con la colaboración de Ángel Berlanga Marín

Diseño original de la colección:
Josep Bagà Associats

© 1995, Herederos de Osvaldo Soriano
© 2004 del Prólogo, Tomás Eloy Martínez

Derechos exclusivos de edición
en castellano reservados para
España y América Latina:
© 2004: EDITORIAL SEIX BARRAL, S. A.
Avda. Diagonal, 662-664 - 08034 Barcelona

© 2009, Grupo Editorial Planeta S.A.I.C.
Publicado bajo el sello Seix Barral®
Independencia 1668, C1100ABQ Buenos Aires
www.editorialplaneta.com.ar

ISBN 978-950-731-411-7

2ª edición argentina en esta colección: septiembre de2009
700 ejemplares

Impreso en Primera Clase Impresores,
California 1231, Ciudad Autónoma de Buenos Aires,
en el mes de septiembre de 2009.

Hecho el depósito que prevé la ley 11.723
Impreso en la Argentina

EL ÚLTIMO PISO DE LA TORRE DE BABEL

por Tomás Eloy Martínez

Al llegar al sexto capítulo de *La hora sin sombra*, el narrador de la última —tal vez la mejor— novela de Osvaldo Soriano, se interna en las ruinas de la ciudad de cristal que construyó su padre en homenaje a las glorias de Perón y Evita. La descripción del lugar, en una isla imposible, destrozada por los cañones del almirante Rojas, es una rara, hipnótica sumersión en la poesía o en el sueño. Cedo a la tentación de transcribir un párrafo casi entero: "Todo lo que [el narrador] encontraba, columnas destruidas, paredes en ruinas, una estatua de San Martín partida en dos, era transparente y espejaba las figuras y el horizonte del mar. Los rayos del sol volvían al aire convertidos en una mancha difusa, espectral, que hubiera enloquecido a cualquiera que intentara vivir ahí".

La atmósfera entera del relato, que repite todas las respiraciones de las novelas anteriores de Soriano a la vez que las perfecciona, las pule, las enriquece con una luz nueva —como el viento y el tiempo han hecho con la ciudad peronista de cristal—, cabe en las líneas que acabo de citar. En verdad, *La hora sin sombra* está resumiéndose siempre a sí misma: las tres primeras páginas ya exponen lo que será toda la novela, las tres últimas devuelven el texto a su alucinante principio: ésa es una de sus virtudes cardinales. La otra consiste en mover al lector dentro de un laberinto sin centro, llevándolo hasta el final de cada párrafo con el aliento suspendido para que así alcance el siguiente y el siguiente, indefinidamente, en una carrera loca donde lo único que importa es el relato mismo, la pasión por contar, la novela construyéndose en los intersticios de otras historias, como si fuera una ciudad de cristal, pero esta vez indestructible.

Quien haya leído las obras previas de Soriano —desde la entrañable *Triste, solitario y final* de 1973 hasta los *Cuentos de los años felices* (1993), dedicados a la figura romántica y perdedora del padre—, podrá encontrar todos sus temas en esta novela mayor. Sólo son nuevos el zumbido de moscardón que enloquece al narrador desde la primera página hasta la última del libro, y las figuras femeninas de dimensión mítica, a las que Soriano trataba de narrar desde *Cuarteles de invierno,* cuando aparecía, en borrador, la primera: Martita, novia imposible del boxeador Rocha.

El zumbido era un conjuro contra lo que Soriano describía como "la insoportable turbina de un jet que está despegando" y que atormentaba su vigilia en los dos, tres últimos años de vida. Sacarlo de sí para instalarlo en el personaje bastó —eso me dijo— para curarlo. La composición de personajes femeninos era otra de las batallas que él creía perdidas de antemano. Le nacían opacas, sin carnalidad.

En su última novela, sin embargo, todas las mujeres son inolvidables: ante todo Laura, la madre del narrador, una modelo de publicidad que abandona al padre por un basquetbolista negro de Arizona y, escapando a un destino de mucama o vendedora de tienda, se convierte en una Rita Hayworth de las pampas. Otros hallazgos son la

8

insensata Isabel de un prostíbulo estrafalario, que lee a Tolstoi mientras se manda cartas a sí misma; y la borracha amante alemana de un dentista ilegal perdido en un pueblo de ninguna parte.

De una manera o de otra, los personajes de las novelas anteriores asoman la cabeza en estas páginas. Fugitivo de un hospital, disfrazado de rockero, el padre de *Cuentos de los años felices* pesa sobre cada línea del texto como un fantasma inasible; las sombras autoritarias y utópicas del peronismo resucitan de las páginas de *No habrá más penas ni olvido*; el pastor Noriega, el comisionista Carballo y las aguerridas putas de un burdel llamado Paraíso son criaturas escapadas de esa otra *road story* magistral que fue *Una sombra ya pronto serás*; el dentista Hadley Chase y los ecos de Laurel y Hardy aparecen en las vueltas más inesperadas del camino. El texto entero de Soriano está construido como una reflexión sobre lo que él leyó, escribió y vivió. O, mejor dicho, como una autobiografía encubierta.

A cada paso, el narrador deja ver las lecturas que ahora son parte inseparable de su propia imaginación —Kafka, Shakespeare, Sófocles y sobre todo el Conrad de *El corazón de las tinieblas*—; las músicas que lo conmovieron, las rutas argentinas por las que no cesa de viajar, aunque se haya ido a otra parte. El texto está lleno de guiños sobre el autor mismo, pero también sembrado de revelaciones sobre las supersticiones y delirios que son inseparables de toda escritura. Aunque esté disimulado detrás de otras búsquedas —la del padre, la de un disco de computadora perdido—, el eje del relato es el trabajo de composición de una novela, con todas las idas y vueltas del proceso: desde el editor que ya ha pagado el anticipo y quiere ver ahora mismo las páginas prometidas para el mes pasado, hasta los desánimos del narrador que corre a ciegas hacia el final de su historia, sin advertir que ese final podría estar en cualquier parte.

Esa carrera a ciegas le sucedió a Soriano cuando escribía *Triste, solitario y final*. Se empantanó en mitad de una escena y no supo cómo seguir. Durante semanas trató de avanzar, en vano. Después de muchas vacilaciones decidió pedir ayuda a Jorge Di Paola, uno de sus grandes amigos. "¿Y ahora cómo sigo, Dipi?", le dijo. "No sigas, Gordo", contestó Dipi. "¿No te das cuenta de que ya terminaste hace cincuenta páginas?"

Las novelas de Soriano tienden cada vez más a tejerse alrededor de estructuras abiertas, que se mueven hacia arriba, como la torre de Babel de Brueghel, o hacia adelante. Ese juego de alto riesgo que los lectores rara vez advierten —la gracia está en que pase inadvertido— alcanza, en *La hora sin sombra*, una asombrosa perfección arquitectónica. Todas las piezas encajan y, a la vez, todas están desencajadas. La línea final de la novela, escrita sobre el capó de un Dacia azul y abandonada en una zanja de la ruta, es reencontrada doscientas páginas después, cuando ya no sirve; el fugitivo pastor Noriega de las primeras páginas se enreda, ya en las últimas, en una parodia de la crucifixión, ascendiendo con el narrador hacia lo que éste llama "un Gólgota de pacotilla". Todo lo que en el relato empieza como drama termina siempre de una manera torpe, caricatural —como sucede fatalmente en las novelas de Soriano—, pero a la vez se abre hacia otros horizontes. "No nos queda otra posibilidad que afrontar lo que somos", escribe el narrador en el último capítulo, "el relato que llevamos para siempre". La vida es algo que los hombres pierden a cada paso; el relato es algo que, con cada paso, ganan.

Leí *La hora sin sombra* dos veces, ambas de un tirón, en vuelos que me llevaban y me traían de Nueva York a

Bogotá, donde la portada con los lentes, el viejo reloj de bolsillo y las páginas amarillentas de *King Lear* estaba entonces en las vidrieras de todas las librerías. Cada vez que llegué al final sentí que Soriano había dado lo mejor de sí —su ternura, su melancólico humor, las tensiones de un lenguaje siempre transparente— y sentí idéntica curiosidad por saber cuál iba a ser su próximo paso, cómo se iban a tensar ahora las cuerdas de su arco. Ahora que he vuelto a leerla, en Buenos Aires, se me ha hecho difícil aceptar que ya no habrá ecos para esa melodía.

LA HORA SIN SOMBRA

1

[nota manuscrita: habían internado]

[nota manuscrita: hamet, uasp, pest]

Hace tiempo que no puedo pensar con claridad. Algo me zumba en la cabeza como un moscardón encerrado y me confunde la memoria. Me llevó un buen rato entender lo que la enfermera me decía por teléfono. Mi padre se había escapado del hospital vestido con la ropa de un roquero al que habían internado por caerse del escenario. El médico de guardia dio aviso a la policía, pero no habían vuelto a tener noticias de él. ¿Adonde quería llegar? ¿De dónde sacaba fuerzas si se estaba muriendo?

Me encerré en la pieza del hotel y no pude dormir en toda la noche atormentado por el zumbido en el oído. Lo imaginé pidiendo monedas para el colectivo, como en los tiempos en que volvió del exilio y no conseguía trabajo. A veces le daba plata para que pudiera comer, pero se la gastaba en cigarrillos y en los desarmaderos de la calle Warnes buscando piezas para armar un viejo Torino que había encontrado tirado en un baldío. Siempre metía los pies donde no debía: al darse cuenta de que su esplendor era cosa del pasado empezó a frecuentar mujeres viejas que lo mantenían un tiempo y después lo echaban a la calle.

Hace un mes vino a decirme que el coche estaba listo, que podíamos salir a la ruta, yo a escribir mi novela y él a retomar sus conferencias sobre historia en los pueblos de la provincia. Pero ya estaba enfermo. Tenía dolores en la barriga, cagaderas y apenas se podía sentar. Lo acompañé al hospital y al salir de la consulta el médico me hizo un gesto como diciendo "está listo". No sé si él se dio cuenta. Llovía a cántaros y mientras corríamos hacia la parada del colectivo recordé el lejano día en que se apareció en casa de mi madre con un Buick flamante que se había ganado en la ruleta. En esa época yo soñaba con escribir relatos de viajes a la manera de Jack London y Ambrose Bierce y empecé a acompañarlo en sus giras por las provincias como representante de las películas de la Paramount. Ése fue el verdadero fin de mi niñez y era tan dichoso que me hubiera resultado imposible imaginarlo como me dicen que está ahora, recién operado de un cáncer, huyendo con las tripas al aire.

Siempre estuvo en el sube y baja. No intentó hacerse rico ni famoso, pero en los años del peronismo construyó una fabulosa ciudad de cristal que después fue arrasada a cañonazos por la Revolución Libertadora. Mi madre lo dejó cuando yo era chico y se fue a vivir con un bodeguero de Mendoza. Tengo muy pocos recuerdos de ella porque no volví a verla y murió al poco tiempo. Mi padre vino a buscarme a la plaza donde estaba jugando y me dijo que necesitaba hablarme. Tenía el aire solemne de un capitán de barco perdido en la tempestad. Me sentó en el caño de la bicicleta y mientras pedaleaba contra el viento me dijo al oído que tenía que viajar a Mendoza para enterrar a mamá. Esa noche la pasamos en vela, llorando abrazados mientras mirábamos sus retratos en viejas revistas de modas, y al fin aceptó llevarme con él.

En esos retratos de los años cuarenta se ve a mi madre reluciente y feliz; parece una chica coqueta y atrevida, aunque las fotos son instantes de la vida que después no encajan en ninguna parte. Posaba para las revistas en los avisos de Gath y Chaves y otras casas de moda, aunque el éxito le llegó cuando empezó a hacer la propaganda del jabón Palmolive. Todavía tengo una instantánea en la que está subida al pescante de un Packard, que era el coche más famoso de la época. Por lo que me contó después el tío Gregorio, sus padres eran inmigrantes vascos que le habían enseñado a ser precavida y recelosa. Mi madre temía sobre todo a los hombres, pero también a los accidentes, las tormentas, las frutas agusanadas y los males de la vejez. Sé muy poco de ella, pero voy a descubrir lo que pasaba en su cabeza a medida que consiga reunir testimonios y atar cabos.

Mi padre me transmitió la imagen idealizada de una mujer dueña de sí misma, que se enfrentó a su época con la convicción de que nada le estaba vedado si en verdad lo deseaba. No le importaba luchar sola y tropezar mil veces, porque estaba segura de que podía levantarse y arremeter de nuevo contra la hipocresía del mundo, sobre todo en los tiempos en que Evita imponía el modelo de entrega a un hombre y una causa. Pero eso es pura mentira. Un hijo del tío Gregorio, que fue sargento de la policía caminera en la época de Cámpora, me permitió hurgar un baúl con cartas y revistas que conservaba en un altillo. En esos viejos papeles voy descubriendo que mi madre despreciaba a la humanidad entera, incluidos mi padre y yo, que fuimos un estorbo en su vida.

Empecé con mi padre en fuga y quiero encontrarlo antes de que se muera. Es él quien tiene la llave de esta historia. Entre tanto debo improvisar, inferir, revolver en mi memoria, apelar a la intuición. Se escapó del hospital Argerich y quizá se subió a un colectivo de los que atraviesan el puente Avellaneda. Algunos van hasta el cruce de Alpargatas y ahí un tipo con las mañas de mi padre, aunque no le quede más que una gota de sangre, puede conseguir que algún camionero lo lleve hasta Mar del Plata. Mi olfato me dice que rebobina la película de su vida con la ilusión de verla de nuevo, detenerse en los mejores momentos y saltearse los peores. Va en busca de su juventud perdida, camina por la rambla como en los años en que el tío Gregorio era detective en el casino y la chica que después iba a ser mi madre posaba en la escollera para una marca francesa de trajes de baño.

En una sola noche del otoño de 1943 mi padre perdió lo que había ganado en una semana y también el sueldo que le pagaba la Paramount. Se tomó unas copas en el bar del Provincial, fue a hacerse afeitar y lustrar los zapatos y salió a buscar el coche que había estacionado al otro lado de la plaza. Estaba tan amargado, tan borracho, que cruzó la calle sin mirar y ni siquiera escuchó el ruido del Packard que lo golpeó de refilón. Por fortuna cayó sobre un cantero de césped y eso lo salvó de romperse los huesos. Mientras trataba de ponerse de pie oyó las voces de dos hombres que mezclaban francés y castellano y la de una mujer a la que llamaban Laura.

En las fotos de entonces los varones parecen mayores con esos bigotitos finos y el peinado con raya al costado. Un joven así lo ayudó a levantarse y la chica le ofreció un pañuelo para que se limpiara las manos. El francés se retiró enseguida y mi padre terminó la noche en un lugar de copas con Laura y el tipo que entonces era su novio. Se llamaba Adolfo Garro Peña y, todo el tiempo se comportó como si fuera un hombre importante. Repartió tarjetas de presentación, se levantó varias veces a llamar por teléfono y pidió una botella de champán francés. Nada de eso parecía impresionar a la chica porque la gente la miraba sólo a ella. Mi padre era el único en no darse cuenta que Laura era el centro de la atención y pensaba que si se conducía como un hombre inteligente, acabaría por fijarse en él. Según me contó después, las pestañas largas, los párpados tocados de azul claro y los labios pintados de rojo carmesí no le bastaron para reconocerla, aunque tenía que haberla visto en los afiches pegados en la calle y en las propagandas de cine. Mi padre pasaba buena parte de su vida en las salas controlando que los exhibidores no maltrataran las copias, que las estrellas de la Paramount no aparecieran fuera de foco o cortadas por la mitad. De hecho, me dijo riendo, lo habían nombrado representante de Clark Gable, Greta Garbo y los otros astros en la Argentina. La prueba era que llevaba los bolsillos llenos de fotos autografiadas por ellos. Pero en realidad era mucho menos que eso y Laura lo notó enseguida. Llevaba un traje cortado por un sastre de la calle Maipú y el resto, incluidos los zapatos recién lustrados, sonaba a cómodas cuotas mensuales. A "Casa Muñoz, donde un peso vale dos", pensó Laura, y acertaba. Mi padre nunca se preocupó por vestir bien, creía que la elegancia podía estar en otra parte, más íntima y noble.

Ahora dudo. No sé si debo llamarlos "mi padre" y "mi madre" o por sus nombres de pila. Lo más correcto sería que empleara los nombres puesto que todavía no me habían engendrado. Es verdad que mi padre empezó a desearla desde el mismo momento en que ella lo tomó del brazo y le ofreció el pañuelo. "Adivinaba que abajo de esa blusa había un busto alegre y burbujeante", me dijo. Empleaba la palabra "busto" que ya había caído en desuso, pero la soltaba de los labios con tal temblor que le confería un sentido ambiguo, entre recatado y sensual.

Ya que están predestinados a ser mi madre y mi padre, voy a utilizar sus nombres de pila sólo cuando sea

First name

necesario para el relato. A ella casi no la recuerdo, me quedan muy pocas imágenes así que por ahora voy a llamarla Laura. A Ernesto, en cambio, le tocó criarme y será siempre *mi padre*. Alguna vez tuvo otros nombres y con el tiempo usó también uno de guerra. Pero la noche en que se vieron por primera vez y él no la reconoció, Garro Peña la presentó como "señorita Laura Sandoval, la que compite contra nueve de cada diez estrellas de cine", en alusión al eslogan del jabón Lux. No me atrevo a escribir que los hombres se precipitaban a su mesa, pero varios se acercaron a pedirle autógrafos disculpándose ante los caballeros que la acompañaban. A mi padre nunca se le hubiera ocurrido hacer una cosa así. Lo que le salió, en cambio, fue contar una historia sobre las estrellas del cielo. Le pareció que esa elipsis era la forma más adecuada de lisonjearla. Se dejó servir el champán sin reparos porque sentía que ésa era la indemnización que le debían por el susto y el pantalón arruinado, adivinó que Adolfo Garro Peña era el amante de la chica y se impuso el desafío de conseguir que al menos esa noche se fuera a dormir sin tocarla. Tal vez porque ya empezaba a sentirla suya.

Prendía un cigarrillo con otro y armado de un grueso lápiz mitad rojo mitad azul, empezó a contar que algunas estrellas eran como pequeños fantasmas colgados del cielo, espectros de planetas ya extinguidos y la luz que vemos es apenas el recuerdo de su apogeo. Hace millones de años que se han apagado, decía mi padre mirando a Laura; no son más que chicharrones flotando a la deriva y el día en que el primer mono empezó a hablar como un hombre ya estaban muertas. Mi padre seguía ensimismado en su relato cuando el tío Gregorio se acercó a la mesa, pasó un brazo alrededor del cuello de Laura y la besó en la mejilla. "Estás preciosa, hermanita", le dijo. El tipo de Palmolive le estrechó la mano y señaló a mi padre: "Te presento a un muchacho que atropellamos con el coche". Quedaba claro que ni siquiera recordaba su nombre. "Ernesto", dijo ella, y mi padre sintió que su relato había hecho efecto, que la chica estaba interesada y que tenía que ingeniárselas para volver a verla a solas cuando regresaran a Buenos Aires. Laura ya había terminado las poses en la playa y seguía tan blanca como en las fotos de las revistas. En *El Hogar* se la ve sonriente, con el cabello recogido en la nuca para parecer mayor. En su mirada hay una invitación a la aventura. En *Sinfonía* y *Damas y Damitas* le coloreaban los labios pero igual se nota que todavía no ha cumplido veinte años.

Mi padre le llevaba seis y estaba tan blanco como su pretendida. El día que la conoció corría tras la copia de *La dama de las camelias* que se iba a estrenar en el cine Odeón. Ahí Robert Taylor estrecha en sus brazos a la Garbo, la besa en el cuello, y en los labios entreabiertos de Margarita Gautier se adivinan el deseo y la pasión. Y bien: él tenía que cortar esa escena. La Iglesia y el gobierno del general Ramírez acababan de condenar las películas que ofendían a la familia y atentaban contra las buenas costumbres y los distribuidores de la Paramount no querían pelearse con nadie. El gerente convocó a mi padre a su despacho, le presentó a un hombre bajito que permanecía de pie junto a una mesa igual a las que tienen los dentistas y le pidió que prestara atención a lo que iban a enseñarle. El hombrecito tomó un trozo de película, sacó una guillotina muy pequeña, una hoja de afeitar y una tijera. A continuación, como si fuera un avezado cirujano, cortó dos cuadros, los raspó con la hoja y volvió a unir la cinta con un poco de acetato. Después le pidió a mi padre que repitiera la operación y estuvieron una hora hasta que la lección fue bien aprendida. "Llévese el coche, Ernesto, andan cuatro copias sueltas por la costa y las tiene que arreglar todas." Mi padre acababa de romper con una novia judía que quería ser concertista de piano y pensó que un viaje a Mar del Plata le vendría bien para olvidarla.

Laura, en cambio, hacía su primera visita a las playas y viajó en tren, en un camarote de primera. No estaba segura de haberse enamorado de Adolfo Garro Peña, pero el hombre de Palmolive le transmitía una serenidad interior que nunca antes había tenido. Era un caballero que medía sus palabras y la hacía sentirse como una princesa cuando apenas había dejado de ser una sirvienta. Por lo que me contó después el tío Gregorio, pude inferir que no se acostaba con Adolfo por su dinero ni por hacer carrera, sino por amabilidad. Cuando Palmolive la llamó a sus filas, ya tenía un nombre en las agencias de modelos, de modo que no le debía nada. Ignoro por qué se dedicó a posar, pero sus comienzos deben haber sido difíciles. Era eso o vendedora de tienda. Desde que llegó a la capital con su hermana, fue mucama con cama adentro y obrera en una fábrica de medias de Barracas. El día en que su camino se cruzó con el de mi padre no imaginaba que iba a casarse con él ni que Garro Peña saldría muy pronto de su vida. Menos podía saber que iba a vivir un loco romance con un basquetbolista negro, de dos metros de alto, recién venido de Tucson, Arizona.

2

Lo único que tenía claro al salir del hospital era que si encontraba a mi padre, algún día podría escribir una historia en la que de nuevo estuviéramos juntos. Ahora sé que armó el coche para mí, para que pudiera salir a las rutas y escribir donde me diera la gana. Lo llevó al taller de un viejo guerrillero de La Boca y lo desarmó por completo. Pulió las piezas que todavía servían como si fuesen diamantes y consiguió las que faltaban. Al cabo de unos meses lo había pintado y niquelado para que pareciera recién salido de fábrica. Yo le había dicho que estaba harto de Buenos Aires, que quería irme a recorrer el país y escribir en los caminos y se le puso en la cabeza que teníamos que viajar juntos, como en los viejos tiempos. Por eso estuvo meses trabajando para poner a punto el Torino y hasta le hizo una mesa que se desplegaba en el asiento de atrás para que pudiera usar el Macintosh portátil en la ruta.

Ya lo tenía listo cuando empezó con las cagaderas y los vómitos aunque no tuviera nada en el estómago. Me pidió que lo acompañara a La Boca para verificar no sé qué cosa en las cintas de frenos y en el colectivo empezó a sentirse mal. Íbamos parados en el 64 y cerca de la cancha sentí que me apretaba fuerte el brazo. Tenía la mirada perdida, llena de miedo. Le abrí paso y bajamos más allá de la vía, a la entrada del Barrio Chino. Estaba empezando a llover y nos metimos en un bar mugriento a tomar dos ginebras para que lo dejaran ir al baño tranquilo. Tardaba tanto en volver que fui a preguntarle si se sentía bien. Me dijo que no podía parar de cagar, era un torrente interminable que atribuyó al calor y la comida que le daban en los boliches. Al rato salió de la letrina sudando, mirando al piso y me pidió el pañuelo para secarse la cara. Llevamos las ginebras a una mesa cerca de la ventana y cuando se sintió mejor salí a parar un taxi. Al principio no quería ir al hospital, pero lo convencí de que se hiciera ver para que le recetaran unas pastillas contra la diarrea. En la consulta el médico no hizo comentarios, pero la cara de mi padre se había ensombrecido. Se bajó el pantalón para que le pusieran una inyección, hizo una broma sobre las muzzarelas podridas y fue entonces que el doctor me hizo un movimiento con la cabeza para indicarme que estaba liquidado.

Entonces me di cuenta de que no me sentía capaz de cargar con su muerte, de que quería huir, poner distancia entre él y yo. Lo llevé a casa pero ya no volvió a levantarse. No comía ni tenía ganas de leer. Unos días después el médico le dijo que debía hacerle un estudio y se lo llevó al hospital en una ambulancia. Estuve a su lado hasta la madrugada y no bien se durmió fui al taller a ver si el Torino estaba en condiciones de andar. Le conté al guerrillero lo que pasaba y le expliqué que necesitaba el coche para ir y venir del hospital. Al día siguiente preparé la valija, llamé a mi editor para que se ocupara de todo y salí a la ruta sin rumbo fijo. Pensé que iba a morirse enseguida, que todo sería rápido e indoloro si no lo veía. Me sentía sin culpa o al menos eso creí hasta el día en que llamé desde Tucumán y me dieron la noticia de que se había escapado.

No podía entender. Aunque la cabeza me daba vueltas y no podía concentrarme en el teclado, empecé una novela que hablaba de nosotros. Hice unas primeras páginas confusas y llenas de errores y al ver que no avanzaba me compré uno de esos grabadores chiquitos que usan los periodistas. A medida que aparece un recuerdo aprieto el botón y hablo. Las anécdotas se van encadenando y los personajes ingresan sin orden aparente. Digo "sin orden aparente" porque siempre hay algo sólido detrás del desorden. La memoria, al elegir lo que conserva y lo que desecha, no sabe de casualidades. Por ejemplo, ¿por qué una noche de 1944, mientras maneja el coche de Garro Peña en dirección al Luna Park, Laura recuerda de golpe, con toda nitidez, la cara de Louis Armstrong? No se lo puede explicar, ni siquiera le interesa, pero la negra cara va y viene con su trompeta y es como si ella pudiera oírlo tocar y cantar dentro del coche.

Estacionó sobre Paseo Colón y sacó una polvera para retocarse la cara. Estaba contenta y un poco nerviosa de presentarse en público por primera vez. La ocasión era solemne: el coronel Perón organizaba un festival artístico a beneficio de las víctimas del terremoto de San Juan. Garro Peña la llamó por teléfono para pedirle que anunciara a la orquesta de Aníbal Troilo y si una satisfacción esperaba sacar ella de esa noche era que Fiorentino le firmara un autógrafo. Allí estaban Evita Duarte, que todavía era morocha, y un negro inmenso que seguía a Laura y le hacía morisquetas. Como ella no se daba por aludida el negro se le acercó, le hizo una reverencia y la levantó para sentarla en un aro de básquet. Laura se quedó mirándolo desde arriba e iba a gritarle de todo cuando el otro le sacó los zapatos y empezó a besarle los pies. Eso pasaba atrás del escenario, lejos de las miradas de Garro Peña, del coronel Perón y Evita Duarte. El negro sonreía y como no hablaba una palabra de castellano se apoyó un dedo en el pecho y deletreó su nombre: Bill Hataway. Laura deslizó las nalgas fuera del aro y se arrojó a los brazos del gigante. Nunca supo por qué lo hacía, si estaba bien o si estaba mal. Salieron por la puerta trasera del Luna Park mientras la gente ovacionaba a Perón. Poco después Laura y Bill iban en el coche de Garro Peña rumbo al Tigre y ella asoció la imagen de Louis Armstrong a la del extravagante jugador de básquet, pero tampoco entonces se hizo preguntas.

Mas tarde, en los tiempos en que estuvo casada con mi padre, hacía valer que el negro la alzaba en brazos para llevarla hasta el coche, le acercaba la silla en los restaurantes, la levantaba para ponerle caramelos en la boca y hacía todo tipo de volteretas para divertirla. Iban a ver películas de Bob Hope, pero tenían que sentarse en la última fila para que él no les tapara la vista a los otros espectadores. Bill se reía con tanta franqueza y su algarabía era tan contagiosa, que el público se olvidaba de Bob Hope para darse vuelta y reírse con él. Es fácil imaginar las dificultades que habrá tenido que remontar mi padre para atraer la atención de Laura. Entonces, ¿por qué ganó él, aunque su triunfo sólo haya sido pasajero? Posiblemente porque sabía esperar, estar disponible y atento.

3

Al enterarse de que Laura lo dejaba por un negro, Garro Peña se tomó un frasco de pastillas y tuvieron que lavarle el estómago para salvarlo. Ella no esperaba semejante prueba de amor y el propio Bill quedó muy conmovido, aunque consideró el gesto muy poco varonil. Laura fue a visitarlo a una clínica de la calle Charcas y estuvo hablándole una tarde entera, tratando de explicarle algo que ni ella misma terminaba de comprender. ¿Qué había visto en ese hombre para enamorarse de él? ¿Lo quería de verdad? ¿Estaba dispuesta a abandonar su carrera para seguirlo un día a Arizona? No lo sabía. No le importaba. Gregorio pensaba que el éxito se le había subido a la cabeza, se la veía pretenciosa y extraviada. Mi padre, entre tanto, empezó a ir al básquetbol. Seguía a Sportivo Palermo, y desde la platea saludaba a Laura con un toque de sombrero. Había cobrado una pequeña indemnización por el accidente de Mar del Plata y eso los mantenía en contacto. Así se enteró del intento de suicidio de Garro Peña y corrió a verlo con la secreta esperanza de que no se recuperara. Pero lo encontró bastante bien, con un tubo de suero que le entraba por el brazo, esperanzado en ganar de nuevo el cariño de Laura. De entrada Garro

Peña le confesó que ella se había ido con el negro de Sportivo Palermo y mi padre supuso que se trataba de una humorada. Poco después, al pensarlo bien, creyó comprender:

—Quiere irse a Hollywood —dijo—. Lo usa para eso.

Agregó que era como escaparse con el enano del circo. El negro jugaría una temporada en Buenos Aires, se ganaría unos pesos y si era bueno regresaría a Estados Unidos. Garro Peña lo miró boquiabierto y empezó a sollozar. No había pensado en esa posibilidad. Mi padre tuvo que prometerle que iría a verlo jugar antes de emitir un juicio definitivo y así fue como empezó a seguir a Sportivo Palermo.

Al verlo de lejos, acurrucado en la segunda fila de plateas, con el sombrero volcado sobre la nuca y la corbata abierta, Laura lo reconoció enseguida. No eran fáciles de olvidar el cabello plateado ni los bigotes renegridos. Buen porte, aunque comparado con Bill Hataway parecía un Jockey de San Isidro. No alentaba a los jugadores ni aplaudía los tantos. Simplemente estaba allí. Esperaba. Una noche llovió tan fuerte que no hubo público y faltó uno de los árbitros. En una tribuna, sola, estaba Laura. En la de enfrente, mi padre y nadie más. La lluvia picoteaba con furia las chapas del techo. El partido oficial se suspendió, pero igual los equipos salieron a jugar un amistoso. Bill Hataway levantó la vista, apoyó los dedos sobre los labios y le mandó un beso a Laura. Luego se dio vuelta para mirar a la otra tribuna y le hizo un respetuoso saludo a mi padre.

—Ya que usted es todo lo que tenemos —le gritó en inglés—, le voy a dedicar el partido y después lo llevo a su casa para que no se moje.

Así fue. Bill jugó de maravillas y luego fue a ducharse envuelto en una larga bata azul. Laura bajó las gradas

28

hasta el centro de la cancha desierta y desde allí se dirigió a mi padre alzando la voz sobre el ruido de la lluvia.

—¿Está seguro de que no queda ninguna estrella viva?

Él lo negó categóricamente y se echaron a reír al mismo tiempo. Mi padre la miraba embobado. Tenía una cintura de avispa ceñida por un traje sastre como el que llevaba en la propaganda de Gath y Chaves. Pero él veía mucho más: cosas de adentro, algo indefinible que justificaba el desesperado gesto de Garro Peña. Un arco iris que se posaba sobre ella y la envolvía. Acaso los ojos, que parecían llevarse la esencia de lo que veían. No era algo sexual pero quizá para las almas sencillas sólo pudiera expresarse por el sexo. Mi padre estaba seguro de no haber conocido una mujer igual. Se sintió turbado, confundido al ver que le tendía el brazo invitándolo a acercarse. Bajó la tribuna lentamente y se quitó el sombrero.

—Hola —dijo ella—. Cuénteme una película, ¿quiere?

Mi padre se sentó en el banco del árbitro, se alisó la raya del pantalón y la miró con una sonrisa.

—¿Sabe que Vivien Leigh se retira? Los estudios le exigen que haga un desnudo.

—¿Y qué? Debe tener un cuerpo muy bonito.

—No tanto como el suyo. ¿No le interesa el cine?

—Si supiera actuar, sí.

—¿Y qué diría su amigo?

—¡Me tira por la ventana!

En eso estaban, ella coqueteando y mi padre tratando de aproximarse, reforzando su sospecha sobre la partida de Laura a Hollywood, cuando Bill volvió del vestuario con un sobretodo de piel de camello. Pasó su largo brazo sobre los hombros de mi padre y le preguntó cómo se llamaba y si le había gustado el partido. Sin esperar respuesta le pidió las llaves del coche a Laura y se largó corriendo bajo la lluvia. Ella tomó del brazo a su admirador y caminó ronroneando hasta la vereda.

Mi padre su acomodó atrás y dejó que lo llevaran como si fuera el único espectador de básquet que existía en el mundo. Vivía en la calle Piedras en un cuarto de hotel. No tenía sentido que alquilara casa porque estaba todo el tiempo de viaje con las películas. Sin embargo no era un cinéfilo, no se parecía a esos expertos que se conocen de memoria las fichas técnicas. Se sentaba en la última fila para poder entrar y salir a gusto y miraba diez, veinte veces la misma cinta. Conocía todas las salas del país, sabía cuáles eran las buenas butacas y las que estaban hundidas o tenían resortes sueltos. Era muy fumador y en ese tiempo no había nada peor para el celuloide. Tenía que tirar el cigarrillo para entrar a la cabina a pedir que cambiaran los carbones porque Tyrone Power salía borroso. A veces se ponía furioso porque un pelo del proyeccionista se metía delante de la lente y bailoteaba sobre la imagen como una lombriz.

Bill manejaba a una velocidad imprudente por la avenida Entre Ríos al sur y Laura le acariciaba la nuca. De pronto retiró la mano del respaldo y se la tendió a mi padre en una invitación callada. Él la tomó entre las suyas, se estremeció y empezó a sudar de miedo. No sabía si era una trampa, pero estaba dispuesto a afrontar el riesgo. Bill manejaba con las luces largas casi rozando los coches que venían por la otra mano. La gente salía de los restaurantes y hacía colas en las paradas de taxi. "Vayamos a bailar", dijo Laura y se dirigía inequívocamente a los dos. Bill sonrió y después miró por el espejito. "Encantado", contestó mi padre mientras ella volvía su mano a la nuca del otro. "Al Chantecler", dijo, y el negro dio un volantazo para doblar y bajar por Brasil. Mi padre preguntó quién tocaba esa noche y pensó: "No será el negro éste quien me enseñe a caminar por una pista de tango".

Esa noche se me aparece con claridad a medida que la evoco. Tocaba D'Agostino, que mi padre detestaba por ramplón y sensiblero y al parecer hubo un incidente con el micrófono de Angelito Vargas, que tuvo que seguir a pulmón. Sé lo que ocurrió por la carta que una amiga llamada Patricia le mandó a Laura. "Te aseguro, querida, no tenía intención de hacerme acompañar por el tipo ése, pero la noche se puso tan pesada y hacía tanto calor que nos fuimos a tomar una cerveza a la costanera." Patricia no dice la verdad. Laura le presentó a mi padre para ponerlo a prueba, inducirlo a la tentación y demostrarle que podía ser lo suficientemente tonto como para caer en la trampa. Tal vez él vio venir ese desafío y no sacó a bailar a Patricia hasta el momento en que el negro llevó a Laura al escenario y se puso a besarla en la boca. Ahí los celos le nublaron el entendimiento, la sangre se le subió a la cabeza y se largó nomás con la amiga tomada del brazo.

Laura hizo como si no se hubiera dado cuenta y siguió bailando toda la noche. Tangos, rumbas, boleros, no quería perderse nada de aquel torbellino. Un amante había intentado suicidarse por ella, tenía otro pretendiente que hablaba de construir una ciudad de cristal y además estaba enamorada del negro. Le sonreía la vida.

4

empecra

Hasta que descubrí que podía aliviarme a tiros vivía con la sensación de llevar a mi padre encerrado en la cabeza. A veces, si ando muy caído, si pienso en lo lejos que estoy de mí mismo, el zumbido empeora. Necesito más ruido para aliviarme, pongo música a todo volumen o al Pastor Noriega que tiene un programa de radio a la madrugada. "Tu corazón es una lágrima de Cristo", grita, "salva tu alma, hermano; vamos a quemar la maldición al pie de la cruz." A veces ni eso me basta y no me queda otro remedio que parar en medio del campo y dispararme un balazo.

La pistola se la compré a un tipo de Pringles que levanté al pasar frente al Polígono y dijo haber sido comando en Malvinas. Estaba tan arruinado, tan caído y sin plata que por poco no me vende también el uniforme y los borceguíes. Desde que subió al coche no me quitó la mirada de encima. Que quién soy, me preguntó de golpe. "Yo soy la guerra, la muerte", me dijo, "¿y vos qué?" Tal vez lo fastidiaba desprenderse del arma con la que había defendido una trinchera en Mount Wall, lo hería profundamente vender lo que más contaba para él. No quise hacer preguntas. Tampoco sabía qué decirle de mí. Rata de biblioteca, viajante de la palabra, ¿qué? No le interesaba saber lo que hacía sino quién era. Casado dos veces, fracasado, contesté. De acuerdo, eso casi todo el mundo, insistió, pero, ¿quién? ¿Qué fracaso entre todos los fracasos? El de vivir, le dije; un tipo que anda por ahí, sin familia, sin otra cosa que un puñado de historias dispersas. Un portador de enigmas, un asaltante de caminos por los que no pasa nadie. Me miró desconcertado. Tenía una cicatriz que le atravesaba la cara desde el ojo derecho hasta el bigote. La nariz perforada como un toro de la Rural. "¿Enigmas?", murmuró, "¿qué es un enigma?" Una pregunta todavía sin respuesta, le dije para salir del paso. "Eso", me dijo mirando la pistola, "algo así era mi puesto, escuchabas los zumbidos pero no veías venir las balas. Nunca las ves venir. Así pasa siempre y el resto son muecas de payaso, risas del infierno. No hagas caso."

Lo llevé hasta un barrio de las afueras por una calle de tierra. Le pagué un poco más de lo que pedía y fue a buscar tres cajas de balas con las insignias del Ejército. Quise darle la mano pero ni siquiera se movió, me dejó desairado y se volvió para entrar en la casa sin revoque. Un perro lo esperaba para hacerle fiestas en el jardín. Por la ventana nos miraba un chico que debía ser su hijo. Mientras me alejaba pensé en el chico, en lo que le diría para explicarle que ahora era un Robocop sin revólver, un He-Man sin espada. Esa noche me detuve a escribir unas páginas que intentaran decirme quién soy y qué me propongo, pero fracasé de nuevo como cada vez que me abordo a mí mismo.

Vivimos esperando algo grandioso y eso nos mantiene en pie. El ruido en la oreja es tan persistente que apenas puedo pensar en lo que hago. Ya recurrí a especialistas y cuenteros de toda calaña y nadie le encuentra remedio. En el *Opera Omnia*, se describen diferentes tipos de ruidos. Trenes, sirenas de barco, jadeos de perro, pasos militares. Los griegos los llamaban "vientos sigilosos" y creían que la causa era la picadura de un insecto que los esclavos traían del África. Beethoven se despertó una mañana temblando, sobresaltado por el rugido. Como creía en Dios, supuso que se trataba de un castigo, de una señal venida de la eternidad. Abrió la ventana de par en par y fue a sentarse en el suelo. "Mis oídos zumban continuamente, día y noche", le escribe a un amigo de Viena. Y agrega: "Es el destino que llama a la puerta".

Siempre se ha atribuido al zumbido un sentido de culpabilidad. Louis Ferdinand Céline, durante su huida por las heladas tierras de Escandinavia, escribe en *Norte*: "Para dormir hace falta optimismo. ¡Puf!… Es odioso hablar de uno mismo, pero bueno, de tanto en tanto… Apenas puedo dormir por instantes. Me las arreglo con mi ruido de orejas… las escucho convertirse en trombones… orquesta completa, estación de carga… Si usted se mueve en el colchón, si da una pequeña señal de impaciencia, está perdido, se vuelve loco… Resiste acostado y después de varias horas llega a un breve instante de somnolencia… Entonces hay que esperar que todos los trenes se junten, ¡chuf, chuf! ¡pum!… se bifurquen, silben… He perdido los pelos de tanto empujar contra la almohada, la paja o el piso… Le decía que para dormir hace falta optimismo… para los hombres en mi situación los trenes nunca dejarán de silbar…"

Céline no cree en la literatura porque él *es* la literatura. Tampoco cree en Dios porque ha encarnado al demonio: *Je suis le destin*, escribe, desde la cárcel. Me pregunto qué culpa viene a expiar entonces ese tormento que me precipita en el insomnio y el rencor. No lo sé. El primer médico que consulté se inclinó, perplejo, a auscultar la oreja y quiso saber cómo era el ruido. Un moscardón, le contesté, porque no sabía definirlo de otra manera. Tal vez el sonido ilusorio de los corales de mar. "¿Me muero?", pregunté y él me miró fijo. "No se apure, puede ser todavía peor."

Se han agotado las pilas del grabador y me detengo para tomar apuntes en un bloc. Apenas me entiendo la letra y después a la hora de ponerme a escribir, los papeles se me mezclan, me confunden. ¿Por qué hago eso? ¿Acaso no sé que nunca me sirvieron las notas tomadas al paso? Si no tengo la página delante no sirvo para nada. El Macintosh me permite abrir hojas grandes o pequeñas, mirar fotos y fragmentos de noticieros que grabé sin saber que iba a servirme de ellos. Marcelo Goya, el editor de mi primer libro, me propuso que aprovechara la salida a las provincias para redactar un libro de viaje, algo que él llamó *Guía de pasiones argentinas*. No tenía la menor idea de cómo debía ser ni si tendría alguna utilidad. Simplemente debía tomar apuntes sobre los lugares por los que pasaba y darles la forma que me diera la gana. Me pagó un anticipo y prometió que llamaría todos los días al hospital para darme noticias de mi padre.

El material que tenía eran mis propios recuerdos, el Macintosh lleno de voces y palabras y las cosas que me iban ocurriendo en el camino. Podía contar, por ejemplo, que hace mucho trabajé en el Archivo General de la Nación; durante largo tiempo no leí otra cosa que historia. Hurgaba en documentos desconocidos y en libros olvidados con la esperanza de encontrar alguna huella de verdad. Un día, una profesora que salía con mi padre me alentó a presentarme a concurso para cubrir una vacante en el Archivo. Mandé mi candidatura y cuando ya había perdido toda esperanza me llamaron para darme el puesto. Era joven, estaba ávido de hallar respuestas, de revelar misterios y la revolución parecía inminente. De pronto la historia se había vuelto una pasión de todos. Queríamos saber de dónde venían los males de la patria y qué íbamos a hacer con ella después de la victoria. Necesitábamos un pasado glorioso que gobernara el porvenir.

No me atraía tanto la historia como los hombres que se me revelaban en los documentos. Lo que habían hecho, por qué lo habían hecho, el sentido de trascendencia que daban a cada uno de sus actos. Y el desengaño de los que vivieron el sueño de la Independencia. Todo lo que encontraba en esos papeles estaba muerto, pero seguía hablando. El pasado aparecía recortado por ausencias y silencios. Cuando me quedaba a trabajar de noche y recordaba los pasillos sombríos, palpaba lo insignificante que es la vida. De cuanto hacemos y soñamos sólo quedan algunas cartas, expedientes, papeles amarillentos que intentan explicarlo todo. Pero poco a poco las ratas se los iban comiendo. Las oía roer las carpetas de Moreno, los empréstitos de Rivadavia, los decretos de Rosas. Si no fuera por los gatos no quedaba nada. Las ratas salían al anochecer cuando había menos ruido y merodeaban los volúmenes desprotegidos. No llegaban a comerse las películas, pero perforaban el celuloide con los dientes finitos y así marcaban con su peste el llanto de Evita sobre el hombre de Perón, los paseos de Yrigoyen por Palermo, el grito de *"Evviva l'anarchia"* de Severino Di Giovanni frente al pelotón de fusilamiento. Han quedado inservibles los daguerrotipos del brigadier Rosas en el exilio y los manuscritos de Sarmiento nunca pudieron reconstruirse del todo.

En cambio los documentos que busco ahora sólo me interesan a mí. Lo difícil es seguirles el rastro porque nadie guarda papeles que pertenecieron a gente sin relevancia. Las revistas de la época ya no existen, los archivos fueron vendidos, robados y vueltos a vender. Los viejos clichés con las imágenes de Laura se arruinaron igual que tantos otros que registraban noticias fugaces. En una época anduve rastreando a los fotógrafos que la retrataron para los avisos de Palmolive, cuando todavía no podía imaginar que su felicidad terminaría pronto, el memorable día en que Bill Hataway entró al Banco Nación con un revólver calibre 38 y se largó a Arizona con un millón de pesos.

En Vicente López encontré a uno que había hecho buena plata trucando fotos de Gardel para una sórdida historia de testamentos e identidades dudosas. Tenía los originales ampliados en una pared del laboratorio y en la de enfrente las copias retocadas y trabajadas en los tiempos en que no había computadoras y todo era artesanal. Un procedimiento igual al que usaban los expertos del Kremlin cuando borraban de los retratos a los tipos que habían caído en desgracia con Stalin. Al final, Lenin se quedó solo en el estrado, arengando a las masas sin otra compañía que su falsa sombra ampliada para tapar los huecos que dejaban los ausentes. Y en esa sombra está la clave. La que el falsificador le agregó a Carlitos Gardel aparece al revés, corre hacia la luz, absurda, grotesca. El fotógrafo estaba orgulloso de haberlo conocido, de los retratos que le había hecho. De Laura no se acordaba, la había arrumbado en algún remoto casillero de la memoria y recién al ver el recorte que le mostré abrió la boca asombrado:

—¡La Tanita, claro! ¿Dónde anda?

El apodo y la familiaridad con que lo pronunció me chocaron. Le dije que estaba muerta e hizo un gesto como diciendo "otro más". Le pregunté si no se equivocaba, si no estaba confundiéndola con otra. "No, si es la de Radio Belgrano, que andaba con el dueño", me dijo y me pareció que improvisaba. Confundía a Garro Peña con otro gerente de la época, pero igual me molestó porque convertía a Laura en una casquivana toqueteada por ejecutivos engominados y poderosos. El tipo no recordaba nada más, ni siquiera el nombre, pero al tercer whisky, ya convencido de que estaba con un periodista que preparaba una nota sobre la moda de los años cuarenta, soltó lo que sabía: "Prometía la piba, tenía el mejor cuerpo del país, pero se equivocó". Le pregunté qué quería decir y me contó algo que nunca antes había oído: al tiempo que posaba en aquellas fotos de Palmolive, Laura sustituía a una estrella de cine muy conocida que daba mal en cámara. La otra ponía la cara en los primeros planos, pero de atrás y cada vez que se insinuaban curvas y pasiones, ésa era Laura. No sé por qué le creí enseguida. La otra, la famosa, era su esclava. "¿En qué se equivocó?", le pregunté. "Se quedó preñada de un loco que le prometió un castillo de cristal y abandonó la carrera."

El fotógrafo aquel se aferró a mí en el bar y me dio la lata hasta la madrugada hablándome de su amistad con el Zorzal. Ahora, me dijo, trabajaba en la obra más perfecta de su vida: la foto en la que Gardel dispara contra Le Pera y provoca el desastre de Medellín.

—No puede ser —le dije, ya cansado de escucharlo—. El rollo se habría quemado en el incendio.

—Qué va. Le Pera iba sacando las fotos del despegue. Con el choque la cámara saltó por una ventanilla y quedó tirada en la pista.

—¿Y qué gana con eso?

—Nada. Yo fotografío lo que la gente sueña.

5

Unos meses después de aquel encuentro pude recuperar un paquete con las cartas que Patricia le había escrito a Laura. Mi primo, el hijo del tío Gregorio, me dejó revisar un baúl que heredó con la casa de Castelar. Tuve que llamarlo por teléfono muchas veces y como trabajaba en la policía caminera casi nunca estaba en casa. Un día, para darse corte, se hizo pasar la llamada al sistema de radio y mientras me hablaba del baúl aquel, arrumbado en un altillo, una voz interrumpió la conversación. Mi primo dio un comprendido y se lanzó a una loca persecución por la ruta 3. Me contaba que eran subversivos que habían robado un camión cargado de remedios para repartir en las villas y ahora iban rumbo a Las Flores. Yo estaba en mi pieza, tirado en la cama, oyendo cómo los perseguía. Me relataba todo, como si estuviera transmitiendo un partido de fútbol, sólo que se escuchaba bastante mal y quizás estuviera fingiendo. Me acordé en seguida de un chico que en el colegio imitaba todos los ruidos con la boca. Interrumpía la clase con coches que arrancaban, balazos, aviones, pedos y locomotoras. Así sonaba el relato de mi primo esa tarde. Se mantuvo un buen rato en contacto conmigo mientras otras voces entraban en la misma frecuencia y el barullo me impedía entender si los guerrilleros habían logrado escaparse con los remedios.

Un domingo por la noche volví a llamarlo y me atendió en medio del griterío de las nenas y los ruidos de la televisión. Pasaba tan poco tiempo en su casa que no sabía en qué lugar guardaba su mujer las cosas. Le recordé el baúl y le pedí que me dejara mirar si no tenía cosas de mi madre. Quedamos un que iría un domingo con regalos para las mellizas, pero el día que hice el primer viaje no lo encontré. Estaba de servicio, me dijo su mujer. Era una cuarentona arruinada que no me invitó a entrar, ni siquiera se conmovió cuando las mellizas se echaron a llorar reclamando los regalos. Yo parecía un vendedor de rifas parado en la vereda con dos paquetes envueltos en papeles de colores. Por la ventana me gritó que no sabía nada de baúles y que podía irme a la mierda con mi historia familiar. Después, en el tren, me enteré de que los montoneros habían volado la lancha del comisario Villar en el Tigre. El jefe de las Tres A y su mujer iban a bordo y tuvieron que juntar los pedazos con una red de pescar mojarritas.

Pasaron dos meses antes de que pudiera ver a mi primo. También era domingo y me pidió que no llegara antes de que hubieran terminado los partidos. Fui en tren y caminé por Castelar hasta que se hizo la hora. Me dio la mano en la puerta y me dijo que me parecía bastante a mi padre. Dejé los regalos sobre la mesa y esperé de pie. Mi primo estaba de pésimo humor porque había perdido River y me dijo que el referí no dio un penal que le cometieron a Alonso sobre la hora. Más tarde, mientras fumaba un Chesterfield, me confesó su temor de que la guerrilla le disparara a mansalva cuando salía a pasear con las nenas. Le pregunté por qué pensaba que podían hacer eso y se encogió de hombros. "Son unos hijos de puta", masculló, y me miró a ver si adivinaba de qué lado estaba yo. Le conté una historia triste, de niño abandonado, y aunque no pude conmoverlo ni hacerle olvidar la derrota de River, me acompañó al altillo.

El baúl era de esos que se usaban a principios de siglo para viajar en trasatlántico. Al parecer había pertenecido a nuestra bisabuela, pero a mi primo le importaba un pito y si todavía no lo había mandado a un cambalache era porque no tenía tiempo para ponerse a pintar el altillo. En caso de que no lo mataran, me dijo, tenía pensado refaccionarlo para que sus hijas vivieran allí hasta que les llegara la hora de casarse. Estaba tan enojado que me dejó a solas y se fue a mirar televisión. Al rato escuché que su mujer y las nenas volvían de jugar en la casa de otro policía, pero no me ofrecieron ni un café. Con la escasa luz de la bombita aproveché para revisar el baúl a fondo. Había muchas revistas de los años cuarenta, sobre todo *El Hogar* y *Leoplán*. También encontré un paquete de cartas y un ejemplar de *Baloncesto* del 26 de agosto de 1945 en el que Bill Hataway figuraba en tapa en el momento de convertir un tanto. La verdad es que no me lo imaginaba así, tan ancho de hombros, nariz recta y piernas largas. Tenía el pelo muy corto en los costados y abundante arriba. A no ser que la foto estuviera muy retocada, y en la época las retocaban mucho, Bill tenía un atractivo envidiable. No me costó mucho entender que Laura se echara en sus brazos aquella noche del Luna Park. Temí que la mujer de mi primo no me dejara llevar las revistas y tampoco me animaba a esconderlas entre la ropa por temor a que me revisara. Me puse a hojear la nota que había en las páginas centrales de *Baloncesto* con el título "Negros que valen oro": Bill posaba con el boxeador Kid Charol sentado en sus rodillas como si fuera un ventrílocuo y los dos se reían por la ocurrencia del fotógrafo.

Junté cartas, revistas y unos diarios, los puse bien a la vista y bajé la escalera. La mujer me miró con desconfianza, como si hubiera venido a ver la casa para señalarla al enemigo y ni se mosqueó con los elogios que hice de las mellizas. "Díganle gracias al señor", les ordenó y las dos me agradecieron las muñecas que les había regalado. Mi primo miró las revistas con desdén y preguntó si había encontrado lo que necesitaba. Le dije que sí con el corazón en la boca y para mi sorpresa me dejó ir sin siquiera hacer comentarios. "Cualquier cosa ya sabés", agregó. En la esquina me trepé al primer colectivo y nunca volví a verlo. Tenía razón en temer lo peor: unos meses después el Ejército Revolucionario del Pueblo lo acribilló a balazos en una calle de Lanús y mandó a los diarios un comunicado en el que lo acusaba de torturador y asesino.

6

Ese año mi padre recorría los pueblos de la provincia dando conferencias y todavía recordaba al borracho que se subió a una mesa para hacer dúo con Ángel Vargas. Nos encontramos en un bar de la plaza de Bragado y allí me contó el episodio y me confesó que se había acostado con la amiga de Laura en una amueblada de Palermo. "Tenía gusto a durazno", recordaba, nostálgico. Le pesaba mi presencia, no porque no quisiera estar conmigo sino porque deploraba que lo viera así, tan caído. Era poco menos que la caricatura de los personajes que había interpretado a lo largo de su vida. Hacía tiempo que los estudios de Hollywood habían cerrado y la Paramount ya no necesitaba que cuidaran de sus estrellas.

De un día para otro se quedó en la calle y salió de gira con una profesora de historia. Al principio les iba bastante bien, pero la mujer tuvo un infarto en la estación de Azul mientras esperaba el rápido a Bahía Blanca. Mi padre la internó, le avisó a un hijo de ella y siguió viaje con los libros. De vez en cuando me llamaba por teléfono y aunque insistía en que todo andaba bien, el día que cumplió cincuenta años me tomé un ómnibus y fui a verlo. Tomamos unos vinos en el bar del hotel y vimos por televisión el regreso de Perón bajo la lluvia. Los paisanos festejaban y lloraban y mi padre tenía que hacer lo mismo para que fueran a escucharlo a la noche.

Las conferencias que daba eran demagógicas y pasadas de moda y ni siquiera llevaba un proyector de diapositivas. Sin embargo tenía un extraño influjo que envolvía al oyente y lo paseaba por donde él quería. Enseguida me di cuenta de que inventaba, que convertía a Belgrano y San Martín en marionetas que ganaban todas las batallas, los hacía cruzar los Andes como él quería y cuando se le daba la gana. Me quedé hasta el final y aunque lo aplaudieron bastante, podía sentir cuán sórdida se había vuelto su vida. Aquel hombre no se parecía en nada al que había cortejado a Laura en el Chantecler, ni al que construyó una ciudad majestuosa en una isla donde antes atracaban galeones de bucaneros.

Desde chico había querido hacer algo que quedara para siempre, un monumento que representara la pasión inalcanzable. Estudió arquitectura y pasó los años de su juventud proyectando una ciudad en la que vivieran nada más que hombres y mujeres poseídos por lo que él llamaba el "misticismo materialista". Un lugar para los locos lindos, los poetas y los que planeaban cosas imposibles. Pensaba en un palacio transparente, que fuera una gigantesca biblioteca llena de jardines y fuentes de aguas termales. Algo así como una Babilonia en la que la música reemplazara a los relojes. Poco a poco en su cabeza el palacio se hizo ciudad y se desplazó al Sur, a la Antártida misma, lejos del ruido, la hipocresía y el cinismo. Hacía croquis, planos, dibujos; rompía botellas y copas de colores para armar maquetas y hacerse una idea de cómo sería su metrópolis para iluminados.

En ese tiempo Perón había traído al país al profesor Richter, un austríaco chiflado que había empezado a trabajar en un laboratorio de Bariloche con el propósito de lograr la fusión nuclear. Ese procedimiento revolucionario, que no tenían ni los rusos ni los norteamericanos, iba a dar energía de sobra a todo el continente y convertiría a la Argentina en una potencia mundial. Mi padre pensaba que ese diminuto sol nuclear, esa estrella encerrada en una pompa de jabón, podría mover los motores de su ciudad maravillosa, convertir la capital de la Antártida en un paraíso tropical. Todo cerraba perfectamente en su sueño y en la regla de cálculos que siempre llevaba encima. A mediados de 1951, cuando Evita ya estaba enferma, mi padre llegó a San Luis con un estreno de la Paramount. Al día siguiente corrió la noticia de que Perón pasaría por ahí rumbo a Mendoza. Mi padre fue a la estación y esperó todo el día hasta que la locomotora apareció a lo lejos tocando pitos y campanas y una orquesta municipal empezó con la Marcha Peronista. Muchos años después recordaba al General asomado a la ventana con los brazos en alto; los hombres se apretujaban contra los vagones, las mujeres levantaban a los chicos sobre la multitud para que pudieran ver al Conductor, al Líder, al Primer Trabajador, al hombre que lo podía todo.

La policía hizo un cordón para que el General pudiera bajar y saludar a los dirigentes del partido justicialista. Mi padre había conseguido llegar a la primera fila repartiendo fotos de sus artistas, autógrafos de Ava Gardner, Lana Turner, Gary Cooper, los que llevaba siempre en la valija para salir de las situaciones difíciles. Cuando Perón pasó a su lado estrechando manos, respondiendo a las preguntas con otras preguntas, mi padre le tendió la maqueta de su ciudad de cristal. Por un instante su vida estuvo en peligro: los guardaespaldas lo agarraron del cuello y le retorcieron un brazo, pero el General se quedó mirando esa miniatura perfecta en la que, como en el tren, había un escudo peronista y la frase "Perón cumple, Evita dignifica".

Al ver que el Líder se la pasaba a un secretario, los tipos de la guardia apartaron a mi padre con toda cortesía y se lo llevaron a la sala de espera donde estaban preparando un vino de honor y el estrado para los discursos. Como una hora después llegó Perón rodeado de funcionarios y alcahuetes y pidió que le presentaran a mi padre.

—¿Qué es esto, Ernesto? —preguntó.

Al escuchar que pronunciaba su nombre, mi padre sintió que temblaba, que su mirada vacilaba y se perdía en la de ese hombre sonriente al que tanto despreciaba y temía.

—La capital de la Antártida, mi general. El sueño de mi vida.

—Bueno m'hijo, métale.

—Cómo, mi general, si no tengo los medios.

—Ya va a recibir noticias mías.

—Mire que yo no soy peronista. Con todo respeto.

—Yo tampoco, hombre. Somos argentinos.

—Ni soy arquitecto.

—Mejor, son unos chambones.

Eso fue todo. El minuto imborrable de una vida. Desde entonces mi padre dejó de ser un hombre cualquiera y tuvo todo lo que le hacía falta. Sólo que el proyecto debía quedar en el más estricto secreto y en lugar de la Antártida, el General eligió una isla desierta y llena de pantanos que no figuraba en los mapas. Lo de la Antártida, le mandó decir, quedaría para más adelante, y quizá se convertiría en la capital del país entero el día en que Richter consiguiera la fusión atómica.

El sueño duró poco pero mi padre lo soñó toda la vida. En septiembre de 1955 el almirante Isaac Rojas salió de Puerto Belgrano con un portaaviones decidido a derrocar a Perón, a terminar con la que llamaba "Segunda Tiranía". Para que el país tomara conciencia de que la cosa iba en serio, que estaba dispuesto a sacrificar Mar del Plata y también Buenos Aires, pasó frente a la isla de mi padre y la cañoneó hasta que no quedó nada en pie. Ni una pared, ni una plaza, ni un árbol. Lo mismo hizo la aviación con el laboratorio atómico de Richter. Esos sitios fueron elegidos como símbolo de la perversión y la locura del régimen y no debía quedar ni el recuerdo de ellos.

Al empezar la novela supuse que en esa isla estaba su piedra filosofal. Que ése había sido su instante de gloria, su lugar más íntimo. Pensé que la ciudad de cristal era a mi padre lo que las pirámides a Napoleón y ahí fui a buscarlo. Para llegar a la costa tuve que hacer cuatrocientos kilómetros por un desierto de matorrales y pajas bravas en el que apenas se veía el camino. Parecía que desde el tiempo de los indios no había vuelto a pasar nadie. Anduve toda la noche y dormí en el coche hasta que llegaron unos pescadores y conseguí que uno de ellos me alquilara una lancha. La travesía no duraba más de media hora, pero antes de llevarme mar adentro el tipo se puso una gorra de capitán y me dio una lección de comportamiento a bordo. Era un francés que había salido hacía veinte años a conocer el mundo con su novia y de tanto alejarse un día se quedó varado entre los pantanos. Me contó que ahora ella estaba enterrada en la isla, en una tumba transparente.

—Así puedo verla y hablarle un poco —me dijo—. Usted vaya tranquilo que yo lo espero.

Atracó la lancha contra unos peñascos áridos, donde el mar era más calmo y me indicó que lo siguiera. Era la única persona en el mundo que conocía el camino. Saltamos a tierra, me señaló el lugar donde había estado la ciudad, arriba de una montaña y me avisó que me esperaba en el cementerio. Me hablaba en francés como si estuviera seguro de que yo conocía el idioma, como si no existiera otro en el mundo. Le dije que tardaría una o dos horas y empecé a caminar bordeando los cerros hasta que encontré los restos de una escalinata de vidrio. A medida que subía el lugar me parecía más irreal. Todo lo que encontraba, columnas destruidas, paredes en ruinas, una estatua de San Martín partida en dos, era transparente y espejaba las figuras y el horizonte del mar. Los rayos del sol volvían al aire convertidos en una mancha difusa, espectral, que hubiera enloquecido a cualquiera que intentara vivir ahí. Observé que los pájaros no bajaban, pasaban en bandada y se alejaban hacia la costa. Al llegar a la cima encontré un desastre imposible de comparar con nada que hubiera visto antes. Me venía a la cabeza un inmenso páramo, un basural de vidrios rotos. Las plantas tropicales quemadas por el reflujo de los cristales habían sufrido horribles mutaciones. Algunas tenían hojas como manos, otras se habían hecho pequeñas, se movían como lagartos y todas estaban cubiertas por una minúscula lluvia de vidrio incrustada en sus carnes.

No quedaba ningún edificio. De los cimientos asomaban los muros de vaya a saber qué palacio desaparecido; eran como barras de hielo cortadas a hachazos. Me incliné a tocarlos y comprobé que no tenían filo, que el viento los había lijado y resultaba imposible saber si estaban hechos de cristal noble o con vidrio de damajuanas. Mi padre nunca había querido llevarme a ese lugar, tal vez no se animaba a mostrarme el esperpento en que habían convertido su obra. No tenía fotos ni películas y aunque eso podía explicarse por el secreto, se me ocurrió que quería conservar intacto el sueño y no esa sórdida realidad.

Caminé hasta al fondo de una calle estrecha y divisé al francés frente a la tumba de su novia. Desde lo alto, con la perspectiva del mar, parecía un muñeco inmóvil, ajeno a todo. Bajé por un sendero de piedras y anduve a campo traviesa extrañado de no ver animales. El cementerio daba la espalda al mar y tenía un pórtico en el que todavía se adivinaban algunas palabras en latín. No había otras tumbas aparte de la de la chica. El sendero apenas se adivinaba entre la hierba y al avanzar tenía que levantar bien alto los pies para no tropezar. El tipo no me oyó llegar o no le importó. Sin decir nada me puse cerca de él en actitud de recogimiento, pero traté de no mirar la tumba. Igual la veía de soslayo: el cadáver estaba mal embalsamado y era necesario haberla querido mucho para no desmayarse de horror. Lo que me urgía era volver a la lancha y alejarme, dejar atrás todo eso. Esperé tratando de imaginar a mi padre dirigiendo los trabajos de esa gigantesca utopía hasta que el francés se volvió y me miró a los ojos.

—¿Qué hace acá? —preguntó, inquieto.

—Nada, me equivoqué de camino. ¿Cómo se llama este lugar?

—Lisa. Ella se llamaba así.

Caminamos hasta el embarcadero pisando opalinas, reflejándonos en los espejos sucios esparcidos por el suelo.

—Vaya a saber lo que pasó —dije.

—La bomba —dijo—. Tiraron la bomba.

—¿Cómo lo sabe?

—Me contaron los indios. Nosotros llegamos en el sesenta y nueve y ya la habían tirado. Creo que fueron los rusos.

—¿No vio a un hombre alto, de pelo blanco?

—Acá no hay lugar para nadie más —contestó con voz amenazante y fue a tirar de la soga para acercar la lancha.

Subí y me senté en silencio. El francés puso en marcha el motor, se calzó la gorra de capitán y arrancó hacia tierra firme sin preocuparse por el oleaje.

Íbamos a los sacudones, como si quisiera atemorizarme o ponerme a prueba. De repente empezó a gritar:

> *Je découvre un cadavre cher*
> *Et sur les célestes rivages*
> *Je bâtis de grands sarcophages*

Pensé que me quería impresionar con esos tristes versos de escuela primaria, pero tal vez era algo íntimo, un diálogo entre Lisa y él.

—¡*Vida y esplendor!* —le respondí. Y eso también era de Baudelaire.

7

Una vida lograda no se mide por el éxito sino por la felicidad. Ésa era la convicción que tenía Laura mientras Bill Hataway estaba a su lado. No le importaba el dinero y por eso se sorprendió tanto al enterarse de que el negro se había escapado con un millón de pesos. Bill entró al banco a las once de la mañana, agradeció los aplausos y revólver en mano se dirigió a la caja con la soltura de un campeón. La noche anterior, Sportivo Palermo le había comunicado que no le renovaría el contrato y mientras se acomodaba en el Studebaker rojo, comprendió que su aventura en la Argentina había terminado. Manejó lentamente por la costanera hacia el norte, hizo cuentas y de golpe sintió un apremiante deseo de regresar a Tucson a ver a sus hijos y saludar a los amigos.

Iba a cumplir treinta años, pero al llegar a Buenos Aires se había quitado cinco y no tenía la menor intención de volver a cargar con ellos. De golpe había empezado a extrañar su tierra, a creer que acá se estaba desperdiciando y ahí nomás decidió pasar la última noche a todo fuego. Fue a cambiarse al departamento que tenía en la calle Juncal, llamó a Laura para decirle que no lo esperara porque tenía por delante una partida de póquer y lo único que llevó consigo fue el Colt de caño corto y cachas niqueladas que había comprado en Wisconsin el día que subastaron las armas de la pandilla de Dillinger.

Tenía que deshacerse del coche y en una mesa de póquer se lo malvendió a un estanciero que quería llevarse un recuerdo suyo para lucirse en Olavarría. Jugó hasta las dos de la mañana y salió hecho con capital en efectivo, pero no lo suficiente para llegar a Tucson en ganador y con cinco años menos. Tomó un par de copas, llamó un taxi y empezó a recorrer los cabarés del bajo. La gente lo reconocía, se acercaba a saludarlo y un comedido le recriminó un poco en broma, un poco en serio, que un deportista de su categoría frecuentara lugares de perdición. Pero nadie lo vio borracho, fanfarrón ni dispendioso; a las cuatro desapareció con una corista del Maipo y no se supo de él hasta las once de la mañana cuando llegó al banco de traje impecable y piloto blanco, con un portafolios de cuero. Mientras agradecía las felicitaciones y los aplausos con los brazos en alto, sintió un poco de nostalgia por alejarse del país en el que era famoso y bien querido. Miró al cajero que le sonreía, metió la mano en el bolsillo del piloto y sacó el revólver.

Más que alarma hubo estupor. En el mejor estilo de los bandidos románticos esperó a que los clientes hicieran sus depósitos y recién entonces exigió el dinero. No dijo palabras groseras ni amenazó a nadie. Se imponía por presencia, como en la cancha. "Era un tipo en el que se podía confiar", dijo luego el cajero a la prensa. Lo cierto es que le dieron la plata, salió sin lastimar a nadie y subió a un taxi en la esquina. Media hora después la radio pasó la noticia, pero Laura no quiso aceptar la verdad hasta que la vio escrita en la sexta de *Noticias Gráficas* con una foto del negro en primera página. Lo mostraban de cuerpo entero, con la eterna sonrisa, haciendo bailar la pelota en la punta de un dedo. Por más que miraba ese diario y otros, Laura no entendía. No podía admitir que la persona que había estado más cerca de ella fuera la que menos conocía.

En los primeros días de espera solitaria pensaba que Bill llamaría por teléfono para dejar una señal o que aparecería saltando por los balcones. Convertido por la prensa en un vulgar asaltante, había ensuciado el prestigio de ella en el ambiente del espectáculo y Garro Peña, atento al amor y a los negocios, la llamó una mañana para decirle lo que siempre había opinado de su relación con el negro. Eso fue lo peor que podía haber hecho y se cerró para siempre el corazón de Laura. Mi padre, en cambio, sabía que no se debe vituperar a quien todavía es objeto de amor. Lo que hizo fue ofrecerle una función de *Anna Karenina* para ella sola en el microcine y no dejó pasar noche sin invitarla a ver películas tristes. Se las proyectaba una tras otra. Sabía que hay un tiempo para el drama y otro para la comedia. Cuando la vio de ánimo para divertirse con Fred Astaire y Ginger Rogers, le pasó todas las cintas que tenía de ellos. Pero sabía que Anna Karenina, la rebelde, es irresistible para cualquier mujer. Cuando ella pidió verla otra vez, se sentó a su lado, le tomó la mano y rogó para que no lo rechazara. Laura estaba tan emocionada por el drama de Tolstoi que apenas notó el anhelante temblor de la caricia. Apartó la mano con discreción y se preguntó una vez más si tenía que aceptar los avances de ese hombre paciente.

Al terminar las sesiones de cine la llevaba en taxi hasta su casa, pero no le pedía que lo invitara a subir. Se insinuaba y se apartaba, como un boxeador que vistea con su sombra. Recién después de acompañarla tres o cuatro veces avanzó sus labios hacia ella. Por fin estaba cerca de la fortaleza claudicante. Sólo le faltaba velar los restos de ilusión dejados por el negro y no quería cometer errores. Era un gran estratega incapaz de gozar sus conquistas. Laura, por el contrario, tomaba lo que la vida le daba y estaba convencida de que el amor lo curaba todo. No hay nada más peligroso que ese sentimiento para una mujer. Creía que mi padre necesitaba alguien que comprendiera sus sueños, que lo alentara y al fin empezó a aceptarlo, a interesarse en sus historias de estrellas muertas y ciudades de cristal.

8

Mientras salía con Garro Peña, Laura vivía en un hotel de la calle Talcahuano con una hermana mayor llamada Yolanda, que le hacía de asistente y secretaria. De tanto en tanto el tío Gregorio la visitaba para ver cómo estaba y pedirle plata. El mundo era entonces tan canalla como ahora y si el jabón Palmolive cumplía sus promesas con toda puntualidad era porque Garro Peña se deshacía por ella. No era un tipo sexy como podía serlo Bill Hataway, pero esa presencia engominada, solvente y caballeresca lo convertía en el candidato perfecto.

Laura no quiso atarse a él. Lo recibía en la suite del hotel con una distancia cálida, tomaban champán y conversaban de lo ocurrido en el día. Ella prefería que no estuviera presente en las sesiones de fotos ni en los estudios donde hacían los cortos para cine y él aceptaba esa decisión sin protestar. También hablaban de las cosas que pasaban en el mundo, como se estilaba en aquellos años. La Segunda Guerra había terminado y acá había ocurrido lo del 17 de octubre. Laura no participó de la marcha para no quedar mal con Garro Peña, pero algo, una cosa de piel, de barrio bajo, de almacén de la esquina, le hacía simpatizar con la joven señora de Perón. Yolanda se quedó poco tiempo a su lado. Sentía que no era más que la sirvienta de su hermana y no bien conoció a un empleado del correo se casó y tuvo cuatro hijos. Con los años se hizo más moralista y el testimonio que pude arrancarle parece interesado, teñido por su estrecha percepción de la existencia. Pero como no escribo una biografía, tomo lo que me dan. Según ella, su hermana fue siempre coqueta y derrochona, le gustaba *afilar* con los mejores muchachos. "De Gregorio ni te hablo, era un tarambana que no podía vivir sin whisky importado." No grabé la conversación con mi tía para no intimidarla y también porque es preferible que a las palabras se las lleve el viento. Así diluidas y atenuadas flotan en el espacio y al entrar en el relato parecen balbuceos de una memoria extraviada.

El tío Gregorio está en un geriátrico de Quilmes, pero todavía puede moverse por sus propios medios. El que paga sus facturas es un viejo apostador de ruleta al que dejó escapar del casino de Mar del Plata antes de que llegara la policía. Ahora el tipo vive retirado en Niza y desde hace diez años le manda una pensión. El día que fui a visitarlo lo encontré sentado frente al televisor, mirando a Susana Giménez. La señaló y me dijo que por una mujer así habría dejado la ruleta, la cocaína y no sé cuántos vicios más. Esperé a que terminara el programa y lo invité a comer en el balneario. Caminaba bastante derecho, pero tuvo que pedir prestado un saco para salir:

—Carne no, con qué la voy a masticar —me dijo—. Llevame a comer ravioles que acá no me dan nunca.

Un lugar común pero sabio dice que la vejez nos iguala en su humillación. Llega un momento inexorable en el que todo se cae, se achica, se apaga. El tío Gregorio empezaba a quedarse sordo y hacía bromas, pero yo no me engañaba. El zumbido de la oreja me lleva por el mismo camino. Uno deja de oír, pero el ruido sigue presente como un fantasma que arrastra cadenas. Esa noche quería charlar con mi tío, aceptar su versión de las cosas como he aceptado otras. Nos sentamos junto a la ventana porque él quería ver a las chicas que pasaban y cuando vino el mozo hizo el pedido como si fuera un habitué de la noche. Le quedaba el impostado aire de gran señor que había aprendido en los pasillos del casino y los cabarés de moda en los años cincuenta. Además del policía muerto por el ERP, tenía otro hijo que lo había metido en el geriátrico para irse a vivir a Nueva Zelanda, pero él no lo mencionaba. Mi padre me dijo una vez que sólo se quejaba de los malos números que salían en la ruleta.

Su vida era una paradoja. De muy joven se entrenó para derrotar al casino y después de estudiar todas las matemáticas que enseñaban en la facultad se tomó un tren a Mar del Plata y empezó la batalla. Pasó por Bariloche, fue al Uruguay y regresó a Mar del Plata pero, naturalmente, no tuvo suerte. En un par de años estaba cubierto de deudas y se había olvidado de las matemáticas. En la época de Perón se hizo amigo de mayores y coroneles y consiguió que le dieran un cargo público para ir tirando hasta salir de las hipotecas más gordas. Pero como a sus amigos los había conocido en el juego, lo que le dieron fue un nombramiento en Loterías y Casinos. Así que tuvo que cambiar de camiseta: derrotado en su batalla como jugador, dio un salto involuntario y pasó al bando de los que vigilaban a los apostadores tramposos.

Lo conocí en el año setenta, a punto de jubilarse. Era el empleado más antiguo del casino de Mar del Plata. Jefe del cuerpo de vigilancia o algo parecido, pero ellos se llamaban a sí mismos detectives. Se hizo amigo de los mejores fulleros internacionales, tipos de todos los idiomas que hacían cualquier cosa para no ser reconocidos, para disimularse en la multitud. Uno de ellos, que llevaba un pasaporte belga a nombre de Jean Troyat, cayó en manos de dos principiantes que lo pescaron con un bolsillo lleno de fichas cosido a la manga. El tipo amagaba apostar un billete justo después del "no va más", en el instante en que podía calcular dónde caería la bola. El crupié rechazaba la jugada, claro, pero al retirar el billete, Jean Troyat dejaba sobre el número ganador unas fichas que deslizaba a lo largo de la manga. El truco era casi perfecto y el tío Gregorio lo miraba asombrado con los largavistas de vigilancia. Pensaba detenerlo sólo unos minutos, para felicitarlo, pero los principiantes lo llevaron al sótano, le dieron una paliza y le hicieron confesar todo menos el secreto del truco. El tío Gregorio reprendió a los jóvenes, los convenció de que al juez no le gustaría ver a un extranjero con tantas marcas en la cara y después de conversar con él a solas lo dejó ir. Entonces lo que hizo por admiración le fue devuelto con generosidad en forma de una pensión vitalicia. Yo conocía la historia por mi padre, y la noche que lo invité a cenar no me pareció que estuviera arrepentido de nada.

—Yo me vi todas las películas, pibe —dijo y se levantó para ir a comprar cigarrillos.

Me encogí de hombros, pero al verlo cruzar la avenida temí que se perdiera. No sé de dónde me venían esos miedos estúpidos. Al rato volvió diciéndoles piropos a las chicas, bromeando y me contó algunas anécdotas de mi padre. Hablaba atropelladamente y al darse cuenta de que no lo dejaba bien parado, hizo un silencio y murmuró:

—¿Tu viejo? Era un tipo que siempre estaba esperando la próxima lluvia.

Me sorprendió que dijera eso. Una vez le había oído la misma expresión a mi padre y se me había quedado grabada. Tal vez porque la asociaba con una carta que recuperamos en el Archivo, en la que el coronel Borges, de Santiago del Estero, le dice a Belgrano, que marcha a fusilarlo: "La lluvia que tanto espero por fin llega con usted".

9

Estuve manejando un día entero sin parar y no daba más. Apenas conseguía mantener los ojos en la ruta, iba tenso y concentrado en el ruido de la oreja. Tenía la intención de escribir al menos una página con el episodio en el que mi padre empieza a proyectar películas para Laura. Unas líneas que reflejaran aquella emoción y la situaran en la historia como un eje alrededor del cual el personaje se movería después. Era una idea que me rondaba desde hacía algún tiempo y quería hacer un bosquejo para saber si luego podría aventurarme sobre terreno firme. Bajé la velocidad y busqué un lugar apropiado para descansar y tirarme los balazos que necesitaba. Cinco o seis kilómetros más adelante, sobre la derecha, encontré un camino bastante descuidado que debía servir para que los camiones cargaran la hacienda. Estaba seco, lleno de pozos y huellones. Puse el Torino en segunda y entré con cuidado de no rayarlo con el alambre de púa que bordeaba el campo.

El sol me encandilaba y no podía ver bien. Las vacas pastaban, bobas, aquí y allá y los chimangos volaban haciendo círculos en el cielo antes de precipitarse sobre alguna carroña. Hice un trecho sin ver un alma hasta que divisé un bosquecito y una casa abandonada que había pertenecido al casco de una estancia. En un costado tenía un pozo y un tanque australiano en el que podía bañarme y desentumecer los músculos. Paré a la sombra de los árboles y aunque hacía fresco saqué el jabón y una toalla y fui a espantar las vacas que estaban en el bebedero. Ni caso me hicieron; el lugar estaba lleno de jilgueros, pechitos colorados y benteveos que salieron volando al sentir que me acercaba. Me desnudé, me metí en el tanque y como el agua me llegaba hasta la cintura pude dar unas brazadas y jugar a que buscaba tesoros en el fondo. El agua no era transparente y había muchos mosquitos, pero estaba tan contento de mojarme y estirar el cuerpo que no me importó.

Al salir me ardía un poco la piel y después de secarme fui hasta el coche a frotarme con un poco de alcohol, como me había recomendado un paisano de Sunchales el día que se me pegaron unas pulgas en una cabaña abandonada. También me había recomendado que hirviera hojas de ortiga y me las pasara por la cara para que no me picaran los mosquitos, pero temí que fuera una broma y no le hice caso. Me sentía mucho mejor aunque el zumbido seguía ahí, peleando contra la página que planeaba escribir. Me vestí, preparé la pistola con el cargador completo y me alejé en dirección a la casa para que el ruido no enloqueciera a los animales. Le apunté a la chimenea, me concentré en el zumbido y disparé dos veces. No le acerté ni por asomo, pero las detonaciones me despejaron bastante. Iba a probar de nuevo a ver si afinaba la puntería, cuando escuché una descarga cerrada, media docena de balazos a repetición que me pasaron cerca y picaron contra el estanque. Las vacas retrocedieron chocándose, una se cayó y estuvo pataleando antes de levantarse y huir. Yo seguía parado como un estúpido, sin entender lo que pasaba, mirando el agujero por el que se vaciaba el tanque, hasta que de la casa salió otra descarga y tuve que tirarme al suelo.

Recién ahí me di cuenta de que me apuntaban a mí. Levanté un brazo para hacer señas de que pararan, que era un error, pero escuché más detonaciones. Traté de arrastrarme hacia los árboles. No tenía un pañuelo para agitar ni nada con lo que pudiera arreglar ese lío. Instintivamente levanté la pistola y empecé a responder. No había viento, el cielo era claro y todo estaba en calma, salvo que no paraban de tirarme. Sentí que temblaba, no hubiera podido hacer blanco ni en un dinosaurio, pero igual contesté hasta agotar el cargador. Fui reptando, medio acalambrado, lastimándome los codos y recogí la caja de balas que había dejado en el suelo. No quería quedarme en ese lugar de miedo a que me arruinaran el coche y lo que tenía adentro y corrí a refugiarme atrás de los árboles. Tenía en la cabeza esas escenas de las películas en las que todo explota y se prende fuego, pero no era así. Las balas silbaban una fracción de segundo y después no se sabía más de ellas. Algunas ramas se partieron y cayeron cerca; entre un repiqueteo y otro se hacía un silencio profundo, metafísico. Al llenar el cargador noté que ya no temblaba y que podía disimular el susto con bastante aplomo. Me pregunté si debía sacarme la camisa y agitarla, pero me pareció que no era eso lo que esperaban los de la casa. Tampoco me era posible subir al coche y salir disparando. Lo único que se me ocurrió, entonces, fue parapetarme y tirar contra las ventanas.

Hubo un largo fuego nutrido y como no podía ni asomarme esperé a que se les gastaran las balas. Por primera vez en mucho tiempo tenía el oído despejado, limpio y alerta. Pensé en retroceder y salir corriendo por el campo, pero eso significaba abandonar la novela que estaba en la computadora, perderlo todo. Una nueva descarga arrancó de cuajo la corteza del árbol en el que estaba y me convenció de que debía rendirme, sólo que no sabía cómo hacerlo. De pronto un neumático del Torino explotó con un ruido seco, torvo, y el coche se inclinó hacia un costado. Eso me obnubiló, salí corriendo hacia unas talas llenas de pinches y desde ahí disparé sin parar hasta que se me terminaron las balas y tuve que cargar de nuevo. Por primera vez desde la casa no respondieron el fuego. Volví a tirar y no entendí cómo ni por qué, adentro algo estalló y por la chimenea empezó a salir una humareda blanca, pesada, que tardaba en disiparse.

Estaba reponiendo las balas cuando un tipo bajito, de anteojos gruesos, apareció en la puerta estornudando, con la cara desencajada y gritó que no tiráramos más, que se rendía. Alzaba las manos, se las llevaba a la nuca y volvía a levantarlas. Igual me quedé donde estaba, tragando saliva, rogando que no fuera una trampa. Detrás del petiso salió una chica toda vestida de cuero, que tosía y lagrimeaba. Llevaba una escopeta de guerra y un conejo en los brazos. Eso me tranquilizó, pero igual decidí esperar.

—¡Que salgan los otros! —grité y disparé al aire.

—¡No hay más nadie, oficial! —dijo el tipo y abrió los brazos como diciendo "me jodí, qué le vamos a hacer".

Me pareció que no mentía; con esa humareda no se podía estar adentro ni con una máscara de oxígeno. Le dije a la chica que dejara la escopeta en el suelo y salí de entre las talas tratando de simular que era veterano de mil tiroteos.

—La mercadería está adentro —dijo el tipo y fue a apoyarse contra el capó del Torino, estornudando sin parar.

—¿Qué pasó? —pregunté señalando el humo.

—Reventaste la tele, hijo de puta —dijo la chica y me escupió a los pies.

Me sentía tan contento como si hubiera escrito cien páginas y todas fueran buenas. Le apunté al petiso y le dije que si no cambiaba inmediatamente la rueda del Torino le dada cien patadas en el culo; pero estaba fumado, tan ido que tuve que ayudarlo a calzar el crique y mostrarle cómo se sacaba la goma de auxilio.

—¿Sos policía? —me preguntó ella.

—¿Tengo pinta de cana?

—Entonces qué carajo buscás. ¿Quién te manda?

—La mala suerte. ¿Qué tienen ahí?

—Un cajón de ropa, nada más… ¡Che, casi nos matás, la puta que te parió!

Hacía tiempo que no me puteaban tanto, pero ni así consiguió hacerme enojar. Después de tanto balazo podía oír los pájaros que cantaban en provincias lejanas y hubiera distinguido dos lobos aullando al mismo tiempo. Cuando el petiso terminó de poner la rueda fuimos a ver la casa. El televisor estaba hecho añicos, pero la humareda venía de una caja de gamexane que se había encendido con los tiros. El lugar estaba vacío y habían traído la luz desde una línea que pasaba por atrás. Según me dijo la chica estaban cuidando unos paquetes que le habían robado a un camión.

—¿Cómo llegaron hasta acá?

—Nos trajo mi viejo con la camioneta. Debe haber caído en cana, el boludo.

La obligué a tirar la escopeta al pozo y después los llevé hasta la ruta para que tomaran un ómnibus y volvieran a Polvorines, de donde decían ser. En el viaje aclaramos el malentendido y el petiso y yo nos reímos como locos.

—Decí que nos quedamos sin balas —dijo ella con tono sombrío—. ¡Hay que ser pelotudo para salir a cazar liebres con semejante chumbo!

Era la explicación que les había dado.

10

Al emprender una novela nunca sé si podré terminarla. No tengo un plan de trabajo, ni siquiera sé cómo será la historia hasta que van apareciendo los personajes y me lo revelan. Mi primer libro tuvo buena acogida y Marcelo Goya me puso en el compromiso de contestar reportajes y salir por televisión. Por una u otra razón, esa forma de vida no me gustó. Mejor dicho: me pareció que le hacía el juego a una época deleznable. La novela que había publicado trataba sobre una chica que deambulaba por Buenos Aires bajo la lluvia los cuatro días que duró la Revolución Libertadora y se encontraba con un montón de personajes extravagantes. Pero aquello era una ilusión. La gente es mucho más banal. Los tipos con los que uno se cruza en la calle tienen aspecto de culpables y en general lo son aunque no parecen lamentarlo ni estar arrepentidos de nada. En la ruta también encuentro mujeres, pero casi todas van acompañadas, vigiladas y contentas de que las vigilen. Si uno observa con detenimiento a los maridos y los hijos desaparece toda ilusión acerca del género humano. Puedo parecer pesimista, lo sé, por eso desistí de hacer la *Guía de pasiones argentinas* y me puse a escribir una ficción. Voy armando el rompecabezas palabra sobre palabra, lleno de miedos y malos presagios. Trabajo en hoteles y cabañas, en cascos de estancia abandonados, siempre lejos de la gente. No me afeito ni pierdo tiempo en hacerme de comer. Me baño en las estaciones de servicio y de tanto en tanto entro a un pueblo grande y me instalo en un hotel.

No tengo con quién hablar, pero tampoco extraño a nadie. A veces pienso en Lucas Rosenthal, un actor amigo que volvió del exilio después de triunfar en el teatro de España. Aunque me lleva unos cuantos años y lo había conocido disputándole una mujer, se encariñó conmigo y de tanto en tanto, cuando estaba en Buenos Aires, me llamaba para que lo acompañara en alguna borrachera a la salida de una función. En la disputa por la chica había ganado él, pero no supo conservarla y nos encontrábamos a la noche para lamentarnos y hablar de proyectos que nunca llevábamos adelante. Quería que le escribiera un monólogo para hacer una temporada en Madrid, pero al tercer o cuarto whisky volvíamos a la novia perdida, divagábamos sobre el amor y el infierno, nos largábamos a reír y él decía que lo mejor sería escribir un tango y salir a cantarlo siguiendo las huellas de Gardel y Razzano.

A veces, después de llamar a la editorial, marco su número y le dejo un mensaje en el contestador, le pregunto quién de los dos haría de Gardel en la gira o le leo un fragmento de lo que acabo de escribir. Pero de entrada le digo la verdad: no lo llamo a las horas en que podría encontrarlo porque no tengo ánimo de hablar con nadie, ni siquiera con él.

Si el tiempo está lindo prefiero quedarme en el coche y trabajar en el asiento de atrás con el Macintosh. Ya no hay página en blanco. El miedo sigue, pero la hoja no está. Si de entrada no me salen un par de líneas presentables enciendo mi cigarrillo, hago dibujos con un marcador en los vidrios del auto y abro el archivo en el que está la foto de Laura sonriendo en la tapa de *Radiolandia*.

Creo que las digresiones me ayudan a formarme una idea de cómo será la novela. Ahora es noche: voy a cortar una rodajas de salame y a descorchar una botella de vino. Tal vez tenga que ir a tirarme un balazo para poder dormir. Lo vengo haciendo desde que leí a Céline que a su vez lo había tomado de una condesa italiana. Cuando el sufrimiento se le hacía insoportable, la señora salía al jardín de su *château* y ordenaba a la guardia que le disparara una salva de fusiles sobre la cabeza.

Cuando el especialista del oído me quitó toda esperanza, fui a ver a uno de esos médicos *new age* que usan yuyos, flores de Bach, homeopatía, acupuntura y oraciones a los ángeles. El doctor Destouches atendía en la calle Santa Fe cerca del Botánico, a dos cuadras del edificio donde había vivido Laura. Me recibió sentado detrás de un escritorio de caoba que podía haber pertenecido al general Mansilla o a otro *bon vivant* del siglo pasado y al ver su cara de infinita serenidad, me dije: "Este tipo me cura". Irradiaba paz con sus ojos de un celeste transparente, el pelo blanco, las manos de uñas lustrosas que reposaban sobre una carpeta de cuero. Todo en él era majestuoso. No me preguntó qué me pasaba sino qué me llevaba a verlo y al rato ya estaba contándole mi vida. No había nada encima del escritorio, ni una señal que me hiciera imaginar qué cosas le interesaban, qué películas veía, qué había hecho en la época de los militares. Tampoco tenía estetoscopio ni un lugar donde revisar a los pacientes. Podría haberme recetado pastillas de menta que me hubieran hecho efecto de inmediato, pero me habló largamente de una plantita que allá en el fondo de los tiempos había sido grande como un roble hasta que la adversidad, los vientos, y el diluvio universal la acorralaron y tuvo que hacerse chiquita para sobrevivir. Naturalmente, con todo lo que había pasado ya no era la misma, pero el doctor Destouches estaba convencido de que iba a curarme y me invitó a que pasara por un vivero a echarle un vistazo y hablar con ella. No sé por qué, al oírlo decir eso, sentí que el embrujo se rompía. No le dije nada para no herirlo: me había pintado el paraíso y yo se lo había comprado. Todo iba bien hasta que introdujo un elemento inverosímil y lo arruinó. Entonces, ¿qué diferencia hay entre el doctor Destouches y un escritor? De fondo, ninguna. Un buen relato llega al alma y deja su marca. Si es malo sólo provoca indiferencia. Quizá la plantita me hubiera curado, pero no pude confiar en ella porque no me la creí, no la acepté en el marco de aquella historia.

Fui a un vivero de Olivos donde encontré gente de bien, con carreras universitarias, mamás con bebés en los brazos y señores con teléfonos celulares. Los pacientes del doctor Destouches parecían recién salidos de un libro de Jonathan Swift, dispuestos a creer en cualquier cosa al menos durante cinco minutos de sus vidas. Iba a seguir de largo, pero vi una chica muy alta con mechas de un amarillo intenso que me miraba con curiosidad. Vacilé y me quedé dando vueltas hasta que entablamos conversación. Se llamaba Marisa y me contó que había acudido al doctor Destouches para que la hiciera crecer porque antes medía nada más que un metro cincuenta. Durante un año tuvo que hacer gimnasia china y tratarse con una plantita del Himalaya que en sus orígenes había sido tan enana como ella. Al cabo de un mes ya medía uno cincuenta y dos y luego cuatro centímetros más y tal como yo la veía en ese momento me pareció que rondaba el metro setenta. La invité a tomar un café en el Tolón y le conté mi caso nada más que para seguir la conversación. Al atardecer la acompañé a su casa. Yo estaba en uno de esos períodos en los que poco importa lo que haya que escuchar después, lo que necesitaba era una sonrisa, una mirada, algo de qué agarrarme. Pero así como los hombres sueñan con otros cuerpos, las mujeres sólo sueñan con el propio. Por lo que me dijo Marisa, el tratamiento del doctor Destouches le había estirado las piernas como si fueran de plastilina y cuando las juntaba tomaban la forma de una bóveda tersa, suave como la luz del invierno. Qué me importaba si de verdad habían crecido o era una manía suya: andaba tan necesitado de compañía que me quedé en su cama hasta la madrugada. Al volver a casa me sentía tan contento que llamé al vivero para que le mandaran mi propia plantita envuelta para regalo.

11

Mi padre nunca quiso tener domicilio fijo y como era un apasionado de las películas se metió de representante en la Paramonut. Iba de pueblo en pueblo, del desierto a la selva, del calor a la nieve. Era como si caminara delante de sus propios pasos, aunque quizá no hacía más que huir de ellos. Tenía hormigas en los pies y no estuvo con mi madre ni siquiera el día de mi nacimiento.

Recuerdo como si fuera ayer el día que regresó de Chile. Mi madre daba una fiesta para sus amigas y de pronto tocó el timbre. Traía un cigarro enorme que dejaba aureolas de humo a su alrededor; estaba espléndido con un sobretodo de pelo de camello, sombrero marrón, traje cruzado y zapatos relucientes. No le faltaba más que ponerse a repartir puros y prenderlos con billetes de mil. Fue a besar a mi madre, aunque eso era asunto concluido y al verme abrió los brazos y me levantó hasta cerca del techo. "Mañana te lo traigo", le dijo a mi madre. Subimos a un Buick flamante que lo esperaba en la puerta y tardamos una semana en volver.

Íbamos de un cine a otro y creo que ésos fueron los días en que más cosas aprendí. Me compraba una caja de maní con chocolate y ni bien se apagaban las luces me dejaba en la primera fila para que nadie me tapara la pantalla. Se iba a la cabina, pero yo sabía que no se olvidaba de mí porque en algún momento de la función el Corsario Negro aparecía en la pantalla tapando las otras imágenes. Era la señal convenida para que fuera a reunirme con él. Apoyaba el alfiler de la corbata sobre la lente del proyector y lo que yo veía en la pantalla era la sombra del Corsario. Ocurría tan rápido que los espectadores no alcanzaban a protestar y yo salía al pasillo oscuro apenas marcado por las luces en el suelo. Subía la pendiente caminando hacia atrás para mirar la última escena y despedirme de los personajes. Así descubrí los besos apasionados y el inolvidable instante en que Frankenstein toma conciencia de que los monstruos son los otros. Años más tarde mi padre me contó que la primera película que había visto en su vida fue el *Drácula* de Bela Lugosi y que durante mucho tiempo su mundo había sido tenso y sombrío como aquella cinta. Desde entonces me pregunto si no nos parecemos a las primeras historias que nos cuentan, si acaso las cosas no son tan simples como eso.

¿Cómo habría hecho mi padre para ganarse el Buick, el puro, los zapatos brillantes y además recuperar la sonrisa? Regresaba envuelto en volutas de humo, como si saliera de la lámpara de Aladino, y nadie podía imaginar que con la ayuda del tío Gregorio había hecho saltar la banca en el casino de Viña del Mar.

Al tercer día de andar por los cines hubo un apagón en el centro. Serían las seis de la tarde en invierno y el tránsito empezó a taponarse detrás de tranvías y trolebuses paralizados. El gerente de la sala comentó que "los peronchos" habían hecho saltar las torres eléctricas. El cine quedó a oscuras y la gente empezó a chiflar y a buscar la salida a los tropezones. A mí me invadió un pánico profundo, me puse a llorar tan fuerte y con tanta congoja que de pronto por el megáfono salió la voz de mi padre. No explicó lo que pasaba, ni siquiera se ocupó del público; sólo se dirigía a mí con voz pausada y densa. Me decía que me quedara tranquilo, que el Corsario Negro ya venía en mi ayuda. Y así fue que por segunda vez en pocos días se me apareció como por arte de magia. Traía una linterna y el fuego del puro brillaba delante suyo como la estrella que guía los Reyes Magos.

—Ya pasó —me dijo al oído—. Acá está el Corsario Negro.

En la oscuridad, mientras los acomodadores revoleaban las luces de las linternas, una mujer gritó "¡Viva Perón, carajo!" y el aire se enrareció. Podían haber cerrado el cine y dejarnos a todos adentro hasta que llegara la policía, pero una voz muy enérgica respondió "¡Que se muera el hijo de puta!" y enseguida el gerente devolvió las entradas.

No se podía nombrar a Perón ni al peronismo ni siquiera para hablar mal y las radios llamaban al General "tirano prófugo". Cada vez que escuchaba eso, sentía un escalofrío porque le había oído decir a una amiga de mi madre que mi padre era el "embustero prófugo". Mentiroso o no, había entusiasmado a Perón con su ciudad de cristal. Aquellos días estuvieron a punto de ser perfectos: parábamos en una suite doble del Plaza Hotel, nos traían el desayuno a la cama y antes de dormir mi padre me contaba historias de vampiros y fantasmas. Yo siempre le pedía otra más, pero él se levantaba para ir a su pieza y me decía, sonriente: "Mirá que yo no soy una máquina de contar cuentos".

Y de pronto una noche no quiso contarme nada. Me dijo que me durmiera, que tenía que trabajar y recibir gente de negocios. Lloré en silencio abrazado a la almohada pero al fin me venció el cansancio. Entrada la noche me desperté con ganas de hacer pis y mientras caminaba para el baño me pareció escuchar un ruido de voces en la otra pieza. Dudé; sabía muy bien que no debía hacer eso, que era una de las primeras cosas que mi padre me había prohibido bajo amenaza de hacerme conocer todos los infiernos. Sin embargo algo, no sé qué irrefrenable curiosidad, qué turbia certeza me arrastró hacia la puerta que comunicaba las habitaciones. Imaginé o vi un lugar lleno de humo, mi padre desnudo, muy blanco, tirado en la cama de espaldas a mí, la nariz metida entre las piernas de una mujer alta, de largos cabellos que le tomaba la cabeza. No podían verme y tampoco me oyeron. Poco a poco retrocedí al baño. Estaba tan asombrado por lo que había visto que me costó horrores orinar, aterrorizado por la idea de que mi padre pudiera encontrarme despierto. Volví a la cama en puntas de pie y no pude pegar los ojos en toda la noche: escuché ruidos extraños, exclamaciones y risas. Después mi padre se asomó y distinguí la silueta alta y flaca de la mujer que pasaba hacia el baño vestida con una enagua blanca. A él no volví a verlo hasta la mañana, cuando se me apareció en la pieza con una bandeja llena de medialunas y dulce de leche y una taza de chocolate humeante. Ahora cada vez que siento el aroma del chocolate no puedo evitar una sensación de angustia, como si alguien fuera a rezongarme por algo que hice mal.

Recién al cumplir los dieciocho años, en un viaje al sur que hicimos en moto, me atreví a confesarle lo que había visto en el hotel.

—¿Se lo contaste a tu madre?

—No, me daba miedo.

—Debía parecerte un grandote chabón, ¿no?

—Me pareció que eras muy grande y te habías olvidado de mí. ¿Era una novia que tenías?

—Una de tantas… ¿En el Plaza, dijiste?

—Cuando eras rico.

—Nunca fui rico. Empezaron a salir el diecisiete, el veintiuno y el seis —por fin empezó a reírse—. Todo para mí, no me alcanzaban los bolsillos. Mierda, qué lindo es y qué poco dura.

—¿Lo arregló el tío Gregorio?

—Habían mandado los cilindros de Mar del Plata y me llamó para que probara: "Si hiciste una ciudad de vidrio cómo no vas a saber calcular una rotación…"

Estábamos en un rancho abandonado cerca de Trelew. Habíamos revisado las motos, limpiado las bujías y nos quedamos jugando a los dados hasta que empezó a refrescar.

—¿Sabés? —me dijo al apagar el último cigarrillo—. Un día vas a caer en la tentación de usarme. De acuerdo, hacé de mí lo que quieras, pero no me dejes mal parado. Con todas las que pasé lo único que me falta es que me robes el epitafio.

12

Se me perdieron los anteojos. Hace poco que los uso para leer y todavía no estoy acostumbrado a llevarlos. Los debo haber dejado en la última estación de servicio en la que paré o se me habrán caído del bolsillo durante el tiroteo. Tendría que haberle hecho caso a la empleada de la óptica, que me recomendó sujetarlos con un cordón. Ahora voy a tener que entrar a algún pueblo a comprar unos de esos que ya vienen hechos hasta que pueda ir al oculista. La sola idea de pasar un día sin leer me deprime. Para trabajar puedo agrandar la letra en la pantalla, pero no es lo mismo. No puedo consultar los apuntes ni ver las teclas con claridad. Queda hacer unas líneas sobre un tipo que encontré en una panadería de Venado Tuerto. Pretendía que en Buenos Aires le habían robado el piloto sin que nadie lo hubiera obligado a sacárselo. La mujer que despachaba le preguntó si había hecho la denuncia y él le contestó que en la comisaría no quisieron tomársela. De pronto se volvió hacia mí, tal vez porque me vio aspecto de forastero y me dijo:

—¿Vio las vallas que hay frente al Congreso? Bueno, ahí. Venía caminando con el piloto recién comprado y de golpe me empecé a mojar todo. Caramba, digo, me compro un piloto de última moda y no me dura nada… Y ahí me di cuenta de que me lo habían robado…

—En una de ésas se lo olvidó en alguna parte —le dije.

—No, si lo había comprado recién. Como lloviznaba, pensé: "Me voy caminando despacito hasta Lavalle y me meto en un cine". Yo soy rematador de hacienda y voy seguido a Liniers.

Tendría cerca de cincuenta años, estaba de traje y corbata y a las diez de la mañana no parecía tener ningún compromiso por delante.

—¿Usted dice que llevaba el piloto puesto y desapareció de golpe?

—Sí señor.

—¿Abrochado?

—Claro.

—La verdad, Radaelli, es raro —dijo la panadera.

Radaelli me miraba, esperaba mi reacción.

—Tengo un amigo al que le pasó lo mismo —dije, y ahí nomás me señaló, como si eso le diera la razón.

—¿Qué le robaron? —preguntó.

—Unos pantalones nuevos.

—¡Ah, no es lo mismo! —dijo Radaelli—. El pantalón se resbala y se cae… ¡No, no es lo mismo!

Necesitaba imperiosamente que su historia fuera cierta para existir en ella. Que alguien pudiera decir: ¿Viste lo que le pasó a Radaelli? Mientras elegía una docena de facturas, estuve pensando en cómo hacer para que su historia tuviera un buen final. No había manera de que le robaran el piloto a no ser que lo obligaran a sacárselo, así que intenté llevarlo por otro camino.

—¿Era cruzado o liso? —le pregunté.

—Liso, gabardina pura.

—Ahí está: si es de gabardina se lo sacan con el guinche.

Se puso pálido, le tembló un poco el labio de abajo y al fin resucitó con una sonrisa:

—¿Cómo con el guinche?

—Si va a Buenos Aires dígales en la comisaría. Están haciendo una obra en el techo del Congreso y usan mucho el guinche para subir los materiales. Parece que a veces pescan otras cosas y la gente se queja.

—Ahí está, Radaelli —dijo la panadera—, se lo robaron con el guinche.

Me miraba como a un dios del Olimpo. Había entrado otra gente mientras hablábamos y casi todos parecían interesados en saber lo que había pasado. Mientras pagaba me palmeó el hombro invitándome a que me quedara para respaldar su historia. Le dije que me esperaban en Rosario a mediodía, saludé a todo el mundo y me fui contento; recordé lo que decía Dalton Trumbo: un escritor debe estar siempre a la altura de sus personajes. Lo dijo mientras lo interrogaba la comisión MacCarthy y por eso me quedó en la memoria. Crucé a un bar a llenar el termo de café y me alejé del pueblo en busca de una arboleda para desayunar y dormir unas horas. Había trabajado toda la noche en un hotel de mala muerte y después no me pude dormir porque el sol pasaba por las persianas y la mucama empezó a limpiar las piezas muy temprano. Había escrito con paciencia y frialdad, como si se tratara de la novela de otro a la que yo entraba por la ventana igual que un ladrón. A veces es así, como poner el pie sobre la huella de Armstrong en la luna o pisar las flores del campo mientras Van Gogh las está pintando.

Ahora sé cómo será el final de mi novela. Me vino a la cabeza de golpe mientras estaba orinando entre unos arbustos. Corrí a anotarlo tropezando en las matas y antes de que se me fuera de la mente lo escribí con marcador rojo sobre el capó del Torino. Es un final sugerente, ambiguo, como el último movimiento de una sinfonía. El problema con los finales es que hay que llegar a ellos y eso a veces lleva años. Si es que uno llega. Mientras viví en Europa no podía terminar nada de lo que emprendía. No daba con el tono adecuado y ahora que lo pienso me doy cuenta de que algo dentro de mí me impedía transformar en escritura los fantasmas de mi lugar ausente. Abandonaba uno tras otro los manuscritos a medio hacer. Todavía no tenía el zumbido taladrándome el oído, era joven y pensaba que podía hacer todo lo que me proponía. Ahora no estoy seguro de que los relatos se originen en cosas de la vida; es más bien al revés: la vida se forma a la medida de ellos. En ese entonces ya había adoptado la regla de detenerme al llegar a la página treinta para ver si valía la pena continuar. Si lo que tengo me parece sólido sigo adelante y si no, trato de aceptar el fracaso. No se pueden ganar todas las batallas pero hay que afrontarlas, hacer como Hernández encerrado con su gaucho en un hotel de Plaza de Mayo, como Sarmiento en Chile que se alimentaba de odio porque no tenía otra cosa, como Arlt que se tomaba por Jesucristo en la redacción de *El Mundo*. El único lector que cuenta es uno mismo, pero hay algo que acecha al otro lado. Una sombra ardiente que juzga, implacable o benévola. No sé cómo decirlo. No pienso en la crítica, ni en forma alguna de trascendencia. Ni siquiera en los lectores que aceptan o rechazan un libro. Tampoco se trata de moral; en ese caso no hubiera quedado huella de Céline. No hay nada más que soledad, pitidos de trenes que parten, vientos que se alejan después de borrar la ultima huella. Quizá se trate de un exceso de soberbia: de este lado estoy yo empujando una puerta y del otro también yo poniendo el pie para trabarla. Un extraño desdoblamiento. El William Wilson de Poe que recorre las páginas y desconfía de todo. Lo que escribo no es lo que nombro ni lo que veo es lo que miro. En el *Art poétique*, Boileau situó el problema en una sola frase: "Lo verdadero puede a veces no ser verosímil".

Vivimos con nuestros silencios, ahogados por palabras indecibles y como nos cuesta aceptarlo más difusos se hacen los contornos, más solos estamos. Pero, ¿por qué escribo en plural? ¿A quién más quiero embarcar en esta aventura? ¿A mi padre, que me reclama para morir tomado de mi mano? Tal vez. Mi mano es este libro. En alguna parte dije que es él quien tiene la clave de la historia. Ahora esa afirmación me parece temeraria, pero me abre una esperanza. El final está escrito en rojo sobre el capó del coche y ahí vamos, yo con mi novela a cuestas y él en otra ruta, lejos y cerca de mí. Solía decirme en tiempos mejores: "Por más que uno escape es inútil, el destino es un golem que siempre te alcanza". Pero si el destino es una fuerza invisible, ineluctable, que decide más allá de la voluntad humana, más cómodo sería ponerle el nombre de Dios y aquí aparece la figura del Pastor Noriega haciendo gárgaras al costado del camino, quemando las maldiciones al pie de la cruz. Está destrozado porque un mes atrás Anabela, su mujer, lo ha llamado farsante, en medio de la ceremonia y él le respondió "puta arrastrada" y ella lo trató de maricón que se la pasaba toqueteando feligreses. Cuando dijo eso todos empezaron a creerle a ella y el Pastor tuvo que salir corriendo por la puerta trasera. Después agradecería de rodillas que el Dacia hubiera arrancado al primer golpe de llave.

Al ver la baliza y el fuego prendido sobre el asfalto paré sin saber de quién se trataba y sin imaginar la manera en que me iba a separar de su triste figura. Al Dacia se le había roto el semieje, necesitaba el repuesto y el Pastor no se animaba a pedir ayuda. Casi no le quedaba voz y sólo se afeminaba al invocar los desmanes de los hombres con una filosofía fatalista y rumbosa. Andaría por los cuarenta años y llevaba más de diez predicando la palabra de Cristo. Se había subido a una duna y me hablaba desde ahí, con un fondo de montañas de arena y matorrales secos. Lo escuché mientras enterraba un disco con lo que había escrito y hacía una marca en el mapa para no olvidarme del lugar.

Dijo: "Vea hermano, yo soy poca cosa, pero me conozco a todos los que lo escupieron a Jesús".

Estaba vestido con un traje verde chillón, lleno de manchas, tan arrugado como si no se lo sacara ni para dormir. Era morocho, cetrino, y se parecía mucho a la gente que iba a escucharlo. En persona tenía la voz menos grave que por la radio, pero conseguía hacerse escuchar desde cualquier parte. Subido a la duna, contando su desgracia, parecía un predicador amotinado contra la mala suerte. Me aseguró que las acusaciones de Anabela eran infundadas, que su interés por los feligreses era tan puro como el de Cristo por sus apóstoles y dijo que, como a él, lo habían traicionado feo. Le estaba saliendo una barba de pelos arrevesados y llevaba siglos sin comer. De un día para otro había pasado de ídolo de los suburbios a degenerado mental. Antes aparecía en las revistas curando enfermos, haciendo caminar a los paralíticos y ver a los ciegos hasta que de pronto sus fotos se volvieron borrosas y sombrías como las de un condenado a muerte.

Fui a buscar un pedazo de queso y unos salamines que tenía en el Torino y cuando se los ofrecí me miró como si yo fuera María Magdalena llorando al pie de la cruz. Se los comió parado, casi sin respirar, atento a lo que pasaba a su alrededor como esos perros pulguientos que roen un hueso encontrado en la basura. Sabía que estaba perdido. Lo intuí en sus ojos, en el temblor de las manos que me mostraba para que viera que estaban limpias de pecado. Era una mala metáfora porque tenía las uñas tan negras como si viniera de cosechar papas y el pelo aplastado por la brillantina se le había convertido en un amasijo azulado y pegajoso. No sé por qué, quizás a causa de su voz que me sonaba sincera y dolida, si hubiera tenido que salirle de testigo hubiera alegado que era inocente. Pero con tipos así nunca se sabe: a veces le salía una sonrisa fuera de lugar, ajena a lo que estaba diciendo, algo que le venía de muy adentro y que lo condenaría ante cualquier tribunal.

Me hablaba a mí, que era todo su público, de las mismas cosas que predicaba por la radio. Me contó que había empezado en Formosa en un picnic escolar cuando una nena de cuatro años se separó del grupo para perseguir a un perro y al ver que se metía en el río fue detrás de él. Los padres y Eladio Noriega, el futuro Pastor, llegaron tarde; la correntada ya se la llevaba. Lo único que Eladio alcanzó a gritar, sin saber por qué, fue:

—¡Álzate, niña!

Y la chica se alzó. Sacó medio cuerpo del agua y después salió entera por encima de un remolino como aspirada por una fuerza invisible y allí se quedó, parada sobre la corriente del Bermejo hasta que fueron a buscarla en un bote. Enseguida se armó un gran revuelo en el pueblo y en toda la provincia y llegó la televisión de la capital. Los dos paisanos que fueron a recogerla la encontraron caminando sobre las aguas, la correntada deslizándose bajo sus plantas mientras lloraba y tiritaba de frío. De golpe, a Eladio Noriega lo arrastraron los acontecimientos. Primero fue una entrevista en el noticiero de la televisión, después las radios y como tenía una verba frondosa y era muy pintoresco, lo llevaron a los almuerzos de Mirtha Legrand. Sentado frente a un cura y un rabino que le llevaban la contra, Eladio les ganó a todos porque no intentó explicar lo inexplicable. Simplemente lo contó con una prístina sinceridad. No sabía explicar por qué había gritado "Álzate" en lugar de otra cosa, y a la pregunta de si creía de verdad en los milagros, explicó que hay una diferencia entre Dios y Jesús. Dios no sabe de justicia o injusticia porque se ocupa de lo absoluto y difícilmente ha podido comprender el calvario de su Hijo en la Tierra y el regocijo de los mercaderes al enterarse de que moriría en la cruz.

Ésa fue su apoteosis. Miles de fieles abandonaron a otros predicadores para seguirlo a él. Lo obligaron a bajar de Formosa, le montaron tinglados en las villas e iglesias en los suburbios y con el tiempo llegó a Once y Constitución. El día en que lo encontré su reinado tambaleaba, pero su fe seguía intacta. Todos los medios hablaban de él como de un depravado. Llevaba en el auto las hojas de los diarios y se asombró de que yo no estuviera enterado. Le ofrecí llevarlo hasta un pueblo para que se procurara el repuesto, pero no quiso, pensaba que si dejaba el coche solo se lo iban a desplumar. Tenía razón, pero por la manera en que se comportaba me pareció que me ocultaba algo. Y no me equivocaba.

13

Si escribiera un melodrama abundaría en la historia de Patricia Logan, la amiga de Laura que en el año cincuenta y uno salió del Chantecler del brazo de mi padre. La llamé por teléfono, le dije que era el hijo de Laura y me invitó al departamento de Villa Luro donde vivía con su marido. Atendían un bazar bien surtido en la planta baja y por las noches él se iba a jugar a las cartas con los amigos en la sede de Vélez. Tenían una hija ya casada que los visitaba todos los días y a su modo eran felices.

Me invitó con anís y me mostró sus fotos de cuando era joven. Había sido muy bonita y todavía conservaba una simpatía melancólica y distante. Se acordaba muy bien de Laura y me habló de ella con cierta ironía. Por un instante temí que me dijera algo feo, pero al contrario, los recuerdos que guardaba contrastaban con los del fotógrafo de Gardel. Tenía tanto éxito, me dijo, que era difícil no envidiarla y pensar en arrebatarle algún candidato. La noche del baile, Patricia había visto que a mi padre se le caía la baba mirando a Laura y que ella se lo endosaba para mortificarlo. Esa temporada trabajaba como modelo de los corpiños Virtus y estaba lejos de ser tan conocida como Laura.

Por un rato jugó el juego de la seducción, pero sin quererlo pasó la raya y se encontró con la mano de mi padre que le acariciaba las piernas por debajo de la mesa. Estuvo a punto de ponerlo en su lugar, de preguntarle con quién se creía que estaba y fue entonces que el sonido se cortó y Angelito Vargas tuvo que seguir a pulmón. Patricia nunca supo por qué le tomó la mano y la estrechó con fuerza mientras le apoyaba la cabeza en un hombro. Quizá para molestar a Laura o porque su candidato la había dejado plantada; tal vez la impresionó que ese tipo fuera de la Paramount y tuviera fotos firmadas por todas las estrellas de cine. Lo cierto es que aceptó irse con él al filo de la medianoche y se dejó llevar en taxi hasta la costanera. En el trayecto las caricias de mi padre se hicieron más atrevidas y a ella la excitaba ver que el chofer los miraba por el espejo.

Patricia recordaba que fueron a tomar unas copas a la Munich. Tenía la impresión, al evocar aquello, de recuperar algo imborrable de los tiempos en que recién había cumplido veinte años. A la mañana siguiente llamó a Laura, le dijo una mentira y le pidió perdón, pero con su escapada había engrandecido involuntariamente a mi padre. Durante una semana las dos mujeres sólo se encontraban para hablar pestes de él. Patricia no lo llamó nunca porque para ella la amistad era más importante que una aventura pasajera y mi padre tampoco volvió a dar señales de vida. En cambio, Laura lo había incorporado a su paisaje cotidiano y mucho después, al perder a Bill, se encontró con que era el único que se desvivía por ella sin hacerle reproches ni pedir nada a cambio. Patricia me dijo que a veces Laura aceptaba las invitaciones de mi padre a los estrenos, pero que casi todo el tiempo prefería quedarse sola. Garro Peña la seguía como un pelmazo aprovechando que las fotos de Palmolive se hacían fuera de Buenos Aires, pero viajaban en camarotes separados y Patricia la acompañaba cada vez que podía. En el último viaje a Mar del Plata, Laura parecía haber recobrado la energía y el coraje. Desayunaba con su amiga, dejaba que Garro Peña se sentara a la mesa y les contaba que quería probar suerte en el cine. Conocía a los directores con los que hacía de doble de las grandes estrellas, decía que iban a tomarle una prueba como actriz, pero lo que callaba, y Patricia supo al leer a escondidas la esquela de un productor famoso, era que la única oferta consistía en un mediometraje de los que en aquel entonces llamaban "de carácter reservado". La carta no hablaba de géneros ni guiones, pero los elogios del productor estaban dirigidos sobre todo a su belleza y a esa manera tan suya de reírse de las convenciones sociales.

Una tarde, al volver de un paseo con Garro Peña, Patricia la encontró sentada a oscuras en su habitación con las ventanas cerradas. No había comido y estaba borracha. Alarmada porque ni siquiera respondía a sus preguntas, Patricia llamó a Garro Peña que estaba vistiéndose para ir a un cóctel. El hombre de Palmolive llegó corriendo y casi se echa a los pies de Laura. La deseaba tanto que ni siquiera intentaba disimularlo. Levantó el teléfono para pedir un médico, pero ella les gritó que se fueran, que la dejaran sola. Garro Peña se escandalizó de verla así, tan desolada y apenas pudo contenerse para no estrecharla en sus brazos y besarla como antes. ¿Acaso no era feliz cuando estaba a su lado? ¿No reía y gozaba de la vida? Para él quedaba claro que Bill Hataway era el culpable de los males de Laura, de que quisiera abandonar la seguridad y el prestigio de su empresa para lanzarse a la aventura del cine. Ese día no se permitió ir más lejos, pero decidió hacerle frente a la mañana siguiente, hablarle a solas y suplicarle que aceptara ser su esposa. Patricia volvió a su pieza pensando que las audacias de Laura la habían rebajado a los ojos de los otros y por eso aquel productor se había atrevido a hacerle una proposición deshonesta.

Una vez que se quedó sola, Laura se arregló el pelo, guardó una copa de cristal en la cartera y bajó a la playa con una botella de champán. Era noche abierta y quieta. Se quitó los zapatos y fue a caminar a orillas del mar. ¿Estaba condenada a terminar siendo la esposa de Garro Peña? ¿Por qué en el fondo de sí misma sentía que aceptar la proposición de ese hombre era convertirse en su protegida? ¿Acaso no había querido matarse por ella? ¿Qué tenía de condenable? No podía expresarlo, pero sentía que era así. Bill Hataway la había dejado brillar como esas mariposas nocturnas que buscan la luz de una lámpara y giran a su alrededor hasta morir. Sólo que no la invitó a huir con él ni volvió a dar señales de vida.

Sentada en la arena esperó a que las respuestas llegaran. ¿Por qué hay que sufrir?, se preguntaba. "Porque el dolor es la moneda del cielo", le había dicho mi padre una vez. Tenía conciencia del abismo que se abría a sus pies. Para volver a empezar se necesita haberlo arruinado todo y por primera vez tenía la sensación de que había dejado de ser la chica de los afiches. Siempre los había mirado con extrañeza, le costaba responder cada vez que en la calle le preguntaban si era la misma persona de la foto. Le vino a la memoria una madrugada en que Bill y ella estaban sentados en la terraza esperando el amanecer. Bill quiso saber qué sentía al saberse deseada por todos los hombres, albañiles o ministros. Eso la molestó, le hizo pensar que sólo tenía para ofrecer lo más efímero y así se lo dijo al negro. Claro que a él le importaba un rábano porque ya estaba pensando en asaltar un banco o cualquier cosa llena de plata para volverse a Tucson, Arizona.

El sol se levantaba en el horizonte y teñía el largo cuerpo de Laura dibujado en un mural de la avenida Santa Fe. Bill se volvió para besarla, pero por primera vez ella lo rechazó.

14

Laura y Bill Hataway vivieron días muy felices sin llegar a conocerse. Su última peripecia tuvo lugar en el Parque Japonés los últimos días de 1950. Los dos estaban en la cumbre de la fama y por lo que puede verse en un fragmento de *Sucesos Argentinos*, el público fue a aplaudirlos a una maratón de baile en la que participaban cuatrocientas ochenta parejas de todo el país. Lo que se ve en el noticiero es alucinante, aunque el locutor lo tome a risa: a medida que pasan las horas, los famosos que habían ido a mostrarse —jugadores de fútbol, estrellas de cine, cantantes de tango— abandonan en medio de ovaciones. Pero las parejas que han llegado de las provincias siguen toda la noche y amanecen descalzas, con los pies ensangrentados. Patricia Logan me contó que ella fue con su novio de entonces a divertirse un poco ignorando que Laura y Bill se proponían seguir hasta el final. Al día siguiente escuchó por radio que su amiga y el negro estaban entre las catorce parejas que continuaban en competencia. Enseguida tomó un taxi y fue a llevarles refrescos y un poco de café. Cuando llegó sólo quedaban tres parejas a punto de desmoronarse. Hacía mucho que Laura ya no bailaba: Bill Hataway la llevaba dormida sobre sus zapatones destrozados. No quedaba nadie que les alcanzara agua o una toalla. Los organizadores se habían hecho humo al correrse el rumor de que Evita en persona iría a terminar esa mascarada. Radio Excelsior había puesto un cronista que transmitía en directo y medio país estaba pendiente de lo que ocurría. A los enemigos de Perón no les cabía duda de que todo estaba arreglado, que Laura y Bill serían los ganadores y que detrás de aquel baile se movían oscuros intereses políticos. Al verlos en un estado tan lastimoso, Patricia intentó sacarlos de allí, pero Laura se negó. Miró a Bill y murmuró:

—¿Qué va a pensar la gente? ¿Que lo hacemos para que hablen de nosotros?

Eso fue todo lo que obtuvo de ella. Al amanecer del primer día de 1951 la única pareja que todavía resistía se desplomó y Bill llevó a Laura a la rastra hasta el micrófono y le dedicó el triunfo a Evita y al General. Mucho después, cuando decidió proponerle casamiento en Mar del Plata, Garro Peña intentó contarle la verdad a Laura: después que Argentina le ganó el mundial de básquet a Estados Unidos, Bill Hataway dejó de ser el niño mimado de Sportivo Palermo. Entonces pensó que necesitaba un poco de promoción y decidió participar en el baile con la excusa de entregar el premio a la Fundación Eva Perón. Al escuchar que Garro Peña pretendía cantarle "cuatro verdades", Laura no vio en él más que despecho y ahí nomás le arrojó un cenicero a la cabeza. El gerente de Palmolive hizo un gesto para cubrirse pero igual estuvo a puso de perder un ojo. Tuvieron que internarlo por segunda vez a causa de Laura, pero aún así la siguió queriendo y fue quien llegó primero a Mendoza el día en que ella murió.

Tengo el vago recuerdo de un hombre de traje impecable y anteojos oscuros que llora desconsolado en los brazos de mi padre mientras otro más corpulento, que debía ser el bodeguero, está desplomado en un sillón con la mirada perdida. Era la primera vez que veía un velorio y aunque se trataba del de mi madre sentía más curiosidad que dolor. A medida que pasa el tiempo empezamos a ver la infancia como un paraíso perdido y la juventud como el tiempo en que no supimos hacer lo que soñábamos; después es demasiado tarde y a cualquier tontería le llamamos experiencia. Algo parecido le dijo Garro Peña a mi padre después del entierro y agregó: "Vos no la merecías".

Treinta años después se me apareció en la Feria del Libro. Todavía llevaba la marca del cenicero en la frente y me miraba como si buscara en mí algo de Laura. Le dije que tal vez algún día escribiera un libro que hablaría de mi madre y lo invité a tomar una copa para que me contara algo. Ya estaba jubilado pero seguía vistiendo con elegancia y se había hecho estirar las arrugas y las bolsas de los ojos.

—No puedo hablar de ella —me dijo de entrada—. Son recuerdos muy personales.

—¿Cómo era? ¿Oportunista? ¿Audaz? ¿Ingenua?

—¿Qué te dijo tu padre?

—Tampoco quiere hablar.

—Ya ves… ¿Qué es de su vida?

—Estuvo en el exilio y necesita trabajo.

—Era un tarambana. Si estuvo exiliado que se haga cargo.

Se puso de pie y fue a reunirse con una jovencita que le hacía señas desde la entrada. Me pareció haberla visto antes en una publicidad de Motor Oil o algo así. A su lado parecía más linda todavía y me dio envidia que se fuera con él. Yo estaba firmando ejemplares de mi libro y como recién había regresado al país veía cómplices de la dictadura por todas partes. "Dejate de joder", me había dicho mi padre. "No tenés derecho a juzgar a la gente." Veía las cosas con más benevolencia, envejecía y todo lo hecho en otro tiempo había resultado inútil: la ciudad fabulosa, la conquista de Laura, la guerrilla, cada ilusión se le había vuelto en contra.

El día que discutimos sobre cómplices y desertores había venido a verme para que le consiguiera un trabajo, igual que otras veces. Yo tenía el borrador del libro lleno de tachaduras y llamadas ilegibles y le di unos pesos para que me lo pasara a máquina mientras le buscaba otra cosa. No pensé que eso pudiera humillarlo. Ya tenía más de sesenta años y no podía darle una escoba para que barriera oficinas. Mis amigos de otros tiempos estaban en situación más que precaria y no tenían contactos para conseguirle algo más digno. El único antecedente que podía citar era el del cine justo cuando las salas empezaban a desaparecer. En cuanto a la ciudad de cristal, había sido condenada como un bochorno del viejo peronismo y era mejor no mencionarla.

Ahora que todo pasó y él corre por ahí, tengo que aceptar que en los primeros años de la dictadura consiguió engañarme y hacerme creer que la Paramount había vuelto a nombrarlo para inspeccionar el interior. Pero la verdad es que la guerrilla lo había reclutado como correo y su cobertura eran las conferencias que daba en los locales del Rotary o en bibliotecas intervenidas por los militares. Consiguió engañarme incluso el día que fui a encontrarme con él y como un imbécil le di una lección de comportamiento revolucionario. Unos meses antes me había llamado por teléfono para avisarme que volvía al negocio del cine, que iba a ganar buena plata y pensaba dar algunas conferencias para no aburrirse por las noches. A mí ya me habían echado del Archivo y no me quedaba más remedio que salir del país porque la mujer de mi primo me había denunciado como instigador de la muerte del marido.

Las charlas de mi padre tenían un regusto a nacionalismo barato que les encantaba incluso a los militares. Si se veía en un apuro sacaba a relucir su ciudad tan vilipendiada, la describía, la cambiaba según el público que tuviera delante y siempre conseguía que lo aplaudieran. Los servicios todavía no tenían nada contra él y fue recién en 1978, cuando los montoneros lanzaron la ofensiva final, que se vio en la imperiosa obligación de poner los pies en polvorosa.

15

Invité al Pastor a tomar unos mates y nos pusimos a discutir sobre la fe y la incertidumbre de Dios, pero cuando le pedí que me diera algunas herramientas para sacar el semieje y llevarlo a arreglar, se sobresaltó y me dijo que no valía la pena, que avisara en alguna parte para que le mandaran un remolque. Me di cuenta que tenía miedo porque me pidió encarecidamente que no dijera a nadie de quién era el coche. Se había puesto muy pálido y empezó con un tic que le hacía alzar las cejas como si estuviera en perpetuo asombro. Serían las siete, se había levantado un viento frío del norte y me dio pena dejarlo tirado. Me aseguré de que al menos le funcionara el motor para que tuviera calefacción y rehíce el camino hasta un taller que había visto sobre la ruta. El mecánico no tenía ese repuesto ni otro que se le pareciera y me dijo que debía llevar el coche a Bahía Blanca para que le adaptaran uno del Renault 12. Le pedí que fueran a buscarlo para que pudiera pasar la noche bajo techo, pero tampoco tenía lugar para hospedar a nadie. Aproveché el teléfono para llamar a Marcelo Goya y lo encontré con un pie fuera del despacho, listo para emprender el circuito de cócteles y presentaciones de libros. No tenía noticias de mi padre. Se había ocupado de llamar al hospital y a la policía de la provincia, pero no habían encontrado a nadie que respondiera a sus señas. Entonces, como no me sentía con ánimo de ponerme a escribir, cargué nafta y decidí volver a hacerle compañía al Pastor Noriega.

Cuando supo que no tenían el repuesto casi se echa a llorar. Le ofrecí llevarlo hasta un hotel donde podría descansar y llamar a un concesionario para que le mandaran el repuesto por el primer ómnibus de la mañana, pero ni yo me lo creía. ¿Quién iba a molestarse en hacer todo eso por el precio de un semieje? El remolque tardaba en llegar y el Pastor se paseaba mirando al suelo como ausente. De pronto se paró delante del Torino y me hizo un gesto para que me acercara:

—Qué degenerados, mire lo que le pintaron en el coche…

—No, lo escribí yo.

—¿Usted? —me miró como a un bicho raro—. ¿Y por qué?

—No sé, se me ocurrió de golpe y tenía miedo de que se me olvidara.

No tenía ganas de explicarle porque me pareció que no iba a entender. Se paseaba alrededor del coche, pateaba las ruedas como para saber si estaban en condiciones, miraba adentro, volvía al capó y releía la frase en voz baja, como para sí mismo. Por las dudas fui a sentarme al volante y me guardé la llave en el bolsillo. El auxilio llegó haciendo un ruido de latas y tornillos sueltos. Lo manejaba un tipo muy rubio, con aspecto de no tener la menor idea de lo que pasaba en el mundo. Enganchó el Dacia, dijo que la cosecha se iba a perder si no llovía pronto y le indicó al Pastor que mantuviera firme la dirección y no tocara el freno.

Yo arranqué el Torino para ir a comprar algo de comer. También necesitaba jabón, dentífrico y lo necesario para lavarme en las estaciones de servicio. Salí despacio en segunda y mientras entraba al pavimento vi que el Pastor señalaba el Torino y gritaba:

—¡Oiga, le compro el coche! ¡Espéreme que le hago una oferta!

Paré en un playón de tierra, a cincuenta metros del taller, y me instalé en el asiento de atrás a revisar lo que había escrito en los últimos días. Quería copiar los apuntes que estaban desparramados por el suelo y encima de los asientos, pero me distraje escuchando la voz de mi madre en un radioteatro que tenía grabado. La imaginé caminando por la playa y dejé que me invadiera una dicha fugaz e inexplicable. Pensé en las cosas que quería escribir después. Una novela de aventuras con corsarios y bandoleros inspirada en las peripecias de Garibaldi en la Banda Oriental; las aventuras del francés Bouchard que invadió California y tomó Monterrey en nombre de la Revolución de Mayo. Un cuento en el que el coronel Lamadrid resuelve pelearse con Lavalle y salvarle la vida a Dorrego; entonces no hay Rosas, ni Caseros, ni héroes del desierto. Otro relato en el que Perón resucita, sale disfrazado a ver cómo andan las cosas y en la avenida Chiclana un par de ladronzuelos lo degüellan para quitarle el reloj, igual que a Monteagudo.

No sé si me será posible afrontar esos proyectos. Hay cosas que me había propuesto hacer y por una u otra razón quedaron postergadas. A veces ha sido nada más que pereza, otras porque me aburre escribir algo que no necesite ser imaginado cada día. En fin, me doy cuenta de que buscaba una excusa para no trabajar y por eso fui a hacerle compañía al Pastor. Lo que escribí anoche termina así: "Prefiero ocultar la verdad para contarla mejor". No me gustó nada y volví a formularla: "Prefiero esconder la verdad para acercarme más a ella". Pero tampoco eso era lo que quería decir y puse un signo de interrogación al margen. ¿Es posible escribir algo que no haya sido escrito antes? Ningún relato es nuevo y sin embargo las mismas historias contadas por otras voces vuelven a conmovernos. Siempre hay una incógnita o un descubrimiento, algo inesperado. Estaba enfrascado anotando este palabrerío, escuchando la voz quebrada de mi madre, cuando apareció el remolque con el Dacia y fue a detenerse entre unos sauces. El Pastor bajó y caminó apurado hacia donde yo estaba.

—Mire —me dijo sin vueltas sentándose a mi lado—. No tengo más remedio que comprarle el coche, así que póngale precio.

Se lo veía cansado y dispuesto a todo. Por las dudas saqué la pistola de abajo del asiento y la sostuve contra el volante. Al verla se puso a la defensiva y el tic volvió a deformarle la cara.

—No se asuste —le dije—. Es para tirarles a los chimangos.

Ahí nomás se largó a sollozar y me contó que estaba terminado. Que iba a redimirse como Cristo en la cruz. Su mujer iba de un noticiero a otro diciendo que la iglesia estaba en manos de un marica y a él no le quedó más remedio que ir al banco a retirar los depósitos antes de que llegara ella. Al enterarse, Anabela no fue a la policía. Alguien le aconsejó recurrir a los servicios de Morosos Empedernidos que no son señores de levita y galera sino tipos que se entrenan rompiendo ladrillos con las manos. No bien terminó de decirles la suma que se había llevado el Pastor, dos gorilas se precipitaron escaleras abajo mientras otro le hacía firmar un contrato por el cincuenta por ciento de lo que pudieran recuperar. El Pastor Noriega no tuvo tiempo de disfrazarse ni de sacar del garaje el BMW flamante que había comprado para conocer California y se largó a la ruta con el coche que usaba para presentarse en los oficios religiosos.

No sé si creía en milagros, pero tenía la convicción de que el Hijo de Dios aprobaba lo que hacía. Toda la plata que había sacado del banco estaba en el baúl del Dacia. Si me lo dijo fue porque estaba dispuesto a darme la mitad a cambio del Torino sin recibos ni papeles. Me contó que los muchachos de Morosos Empedernidos le habían reventado la casa de Adrogué unos minutos después de que su mujer fuera a contratarlos. Un vecino entró por la ventana a ver si quedaban sobrevivientes y lo llamó al movicom pensando que se trataba de un atentado. El Pastor cargó las valijas con la plata en el Dacia y esa decisión lo salvó por un pelo: no había acabado de cerrar el baúl cuando cayeron dos tipos peinados con colita y una chica con campera de cuero y le tiraron abajo la puerta del departamento. El Pastor aceleró a fondo y empezó a cruzar la provincia con rumbo desconocido, tal vez con la esperanza de cruzar la cordillera y buscar refugio en Chile, pero el coche se le quedó en medio del desierto. Ahora no veía otra salida que comprarme el Torino, pero el coche era lo único que no podía venderle ni siquiera para salvarle la vida. Igual no atendía razones y de poder se me habría echado encima para quitarme la pistola. En plena desesperación me dijo que lo llevara, que yo sufría un daño que me habían hecho, un mal de ojo que me provocaba el zumbido y que una vez que lo pusiera a salvo me lo sacaría en menos de lo que canta un gallo.

Me hizo acordar de aquel día en que mi padre quiso que lo llevara a un médico chino para que nos examinara a mí el oído y a él la vista. No sé de dónde lo conocía, pero lo elogiaba todo el tiempo y como yo me resistía a acompañarlo me confesó que estaba perdiendo la vista, que le costaba leer sus libros de letra chiquita y necesitaba consultarlo de urgencia. Por alguna razón no quería encontrarse a solas con él y me convenció de que fuéramos juntos. El doctor Ching atendía clandestinamente en el Abasto y hablaba muy mal el castellano. Al ver a mi padre pareció sorprendido y me pareció evidente que no era la primera vez que se encontraban, pero no dijo nada que me ayudara a saber más. Nos invitó a tomar un té de no sé qué flor silvestre y me estudió largamente antes de revisarme de la cabeza a los pies.

—Zumbido ser frío del alma —dijo pausadamente—. Ching curar si vos ayudar.

Apenas se hacía entender. Mi padre le enumeró todos los males que llevaba a cuestas pero sólo le pidió que lo librara del astigmatismo.

Ching tenía como noventa años. Después supe que venía de tres guerras, pero se lo veía casi tan sólido como una locomotora. Después de interrogarnos por separado, empezó a clavarnos agujas que dolían como astillas. Estábamos en una trastienda miserable, tirados sobre colchonetas, retorcidos de dolor, y mi padre sacó una libretita de direcciones para ver si ya empezaba a recuperar la vista. Le tenía una fe bárbara al chino porque, decía, el tipo había estado en la Larga Marcha con Mao, después en Dien Bien Phu contra los franceses y Perón lo había hecho llamar para que le salvara la vida a Evita. El doctor Ching llegó tarde, después de que un norteamericano la había operado, y ni siquiera lo dejaron verla. Por años quedó boyando entre despachos de funcionarios y archivos de migraciones. Nadie quería hacerse cargo de él, nada de pagarle honorarios ni reconocerle su calidad de médico. En ese tiempo muy poca gente estaba dispuesta a aceptar que le clavaran agujas, como hacía el doctor Ching, ni a curarse con plantas como recomendaba Destouches. El duelo por la muerte de Evita agregó una torva gravedad al régimen peronista; se acentuó la persecución a los opositores, le cerraron las puertas de los ministerios al doctor Ching y los espías de la policía empezaron a meterse en la universidad. Por supuesto, Ching no se quedaba quieto. Primero averiguó en qué parte del mundo estaba y si era posible escaparse. De inmediato comprobó que estaba lejos, sin un centavo y les pidió a unos compatriotas que lo alojaran en su casa del barrio de Colegiales. Visitando oficinas subalternas, como al pasar, empezó a aliviarles reumatismos y dolores de espalda a subsecretarios, sindicalistas y empresarios. En poco tiempo se hizo una posición y se instaló cerca de la Recoleta, pero seguía sin título y en migraciones no le devolvían el pasaporte. Ching se cuidaba de no evocar su pasado y es posible que fuera informante de la policía en lo que hacía a la salud de los amigos y opositores de Perón. Ignoro si fue por eso, o por algo más grave, que a la caída del General los comandos de la Libertadora le saquearon el consultorio, confiscaron el retrato de Evita que tenía en el consultorio y lo quemaron junto a otros miles a la entrada del cementerio. A Ching se lo llevaron preso a Villa Devoto por ejercicio ilegal de la medicina y enriquecimiento ilícito. Mucho más tarde ese incidente iba a conferirle una aureola de mártir de la acupuntura nacional, pero en 1955 las pasó muy feas y sólo después de escribirle al director de la cárcel ofreciéndose a curarle el dolor de gota, consiguió que le dieran un tratamiento de preferencia. Ya le habían expropiado los bienes, la propaganda oficial lo hacía llamar "El perver-tido de las agujas" y al año siguiente, con el fallido levan-tamiento peronista, estuvieron a punto de fusilarlo co-mo hicieron con el general Valle. A él y a otros cuatro dirigentes leales al "tirano prófugo" los llevaron al patio de armas y les hicieron un simulacro de ejecución. Antes de que el capitán diera la orden de fuego, Ching sintió una pena infinita al pensar que iba a morir en una repu-bliqueta desconocida después de haber peleado en las más grandes batallas del siglo.

16

Al cabo de unos minutos, mi padre dijo que ya empezaba a ver mejor, que podía distinguir las letras y los números que tenía apuntados en la libreta. En ese momento pensé que mentía para complacer al chino. La historia que los vinculaba nunca me fue revelada y las veces que hablé con el doctor Ching de su odisea argentina, se abstuvo de todo comentario tal vez porque podía resultar ofensivo para alguien nacido en estas tierras. Volví a verlo en varias sesiones de acupuntura, pero el zumbido no se me fue. De tanto en tanto cambiaba de intensidad, pero seguía pareciéndose al de un moscardón encerrado. Con el tiempo Ching dejó de cobrarme y se confesó impotente. Hablábamos en francés. Me dijo que estaba perdiendo la mano, que los ruidos de oreja en China se curaban en sólo tres o cuatro sesiones. Le pregunté si valía la pena hacer un viaje hasta allá, si creía que podían curarme en Pekín o en Shanghai y salió del apuro diciendo que ya no le quedaban amigos en su país y no podía asegurarme nada. Mi padre, en cambio, dejó de usar anteojos, al menos delante de mí, aunque estaba muy flaco y le costaba agarrar las cosas sin que se le cayeran de las manos. Traté de convencerlo de que fuéramos otra vez a ver a Ching y me respondió con evasivas hasta que, acorralado por su propia lógica, me miró a los ojos y me dijo:

—No quiero escuchar malas noticias.

Siempre había considerado la muerte como un absurdo y bromeaba diciendo que tarde o temprano Dios pondría remedio a eso. Después se reía:

—Morirse es un disparate, el mundo se podría haber hecho de otro modo.

El otoño pasaba y los días se hacían más cortos. Se iba debilitando de a poco, perdía el humor y el interés por la gente y las cosas. Tuve que acompañarlo a hacerse los análisis y llevarlo de nuevo a Morón donde vivía con una socióloga latosa que había conocido al volver del exilio. Me resultaba incómodo ir a visitarlo porque enseguida que me abría la puerta, la mujer empezaba a darme lecciones de literatura y se notaba que le pesaba ocuparse de él. Un día salió con un bolso grande y no volvió más. Cuando se dio cuenta, mi padre se descompuso pero consiguió llegar hasta la parroquia de la otra cuadra y le pidió al cura que llamara a la editorial. Marcelo Goya se conmovió y me dio unos pesos a cuenta de un futuro libro para que pudiera atenderlo. Cancelé todos los compromisos que tenía y fui a instalarme a su casa. Era un enfermo valiente y trataba de no darme trabajo, aunque ya no distinguía qué parte del cuerpo le dolía más. Le puse la cama cerca del baño para que no tuviera que desplazarse mucho. Tenía que sostenerlo para que no se cayera en la ducha y contener las ganas de llorar, de decirle la verdad: el médico me había dicho que se estaba muriendo. Pero él no quería saberlo, ya me lo había anticipado al negarse a consultar a Ching. Una enfermera pasaba dos veces por día a darle inyecciones que lo aliviaban unas horas. En los momentos de calma me pedía que le alcanzara unas cajas de cartón llenas de planos y croquis de la ciudad que había construido. Era como si quisiera mostrarme de nuevo su vida antes de que se le escapara. Volvía una y otra vez a las alegrías y las culpas, repartidas en su relato con un perfecto equilibrio. Una noche particularmente dramática me pidió disculpas por haber juzgado mi libro con excesiva severidad y agregó: "La escritura es pura vanidad, no hay una sola obra en la historia de la humanidad que pueda compararse a la teoría de Einstein". Le nombré a Shakespeare, a Cervantes, a Balzac y discutimos fuerte hasta que empezó a escupir sangre y retorcerse sobre el colchón. Corrí a llamar al médico y al volver a su lado lo encontré tirado en el suelo.

Me pareció que se acercaba el fin y recordé que el primer acceso de tos lo había tenido el día en que me entregó el original de mi primera novela pasado a máquina. Lo había tecleado con tanta violencia que algunas letras perforaban el papel y apenas podían leerse. Ahí hubo un punto de inflexión, algo que se interpuso entre él y yo. Le devolví las hojas reprochándole que se le hubieran escapado errores de tipeo y faltas de ortografía. Bajó la vista en silencio, como un chico, y tuvo un ataque de tos que era mucho más que eso: un rechazo brutal a mi insolencia, una expulsión de broncas acumuladas desde hacía mucho tiempo. Sentí que aquel arrebato de su pecho hablaba más de mí que de él; me enrostraba mi arrogancia, me acusaba de haber ocupado su lugar y de confinarlo en el papel de un hijo desvalido. Era Navidad y en la calle estallaban cohetes y fuegos artificiales. No creo que se hubiera atrevido a decírmelo tal como lo estoy escribiendo ahora ni de ninguna otra forma que pudiera causarme sufrimiento. Tuvo que usar el lenguaje de la tos para que yo empezara a comprender el desdén con que lo había tratado para desafiar su autoridad. Nunca habíamos hablado de lo esencial en los viajes que hicimos. Mi desprecio por sus sueños imposibles, sus ausencias, sus años de clandestinidad y exilio, todo había sido pasado por alto. No digo que no mencionáramos las cosas, pero era como si le ocurrieran a otro, a alguien que no estaba con nosotros. No sé, me parece que siempre llegamos tarde a lo que amamos. Uno se sienta a ver pasar el cadáver de su padre y de golpe el muerto se levanta para hacer su alegato. Algo así ocurrió luego que el médico fue a verlo por última vez: de repente, después de varios días de inapetencia, me dijo que tenía hambre, que si comía algo quizá podría moverse sin ayuda. Y pasó tal cual: a la mañana siguiente abandonó la cama, se dio una ducha y se vistió solo. Prendió un cigarrillo como lo había hecho toda su vida y al ver que yo lo miraba sorprendido me invitó a desayunar en el bar de la otra cuadra. Iba contra toda lógica, reanudaba su vida como si nada hubiera pasado y me dejaba burlado, con un duelo inútil. Ese mismo día fui al consultorio de Ching a preguntarle si sabía de casos así, si en China o donde fuera que había hecho su revolución, conoció algún enfermo de cáncer que se levantara de un día para otro lo más campante. El doctor tenía un aire grave y esquivo, como si hablar de mi padre le trajera malos recuerdos.

—No conocer yo —me dijo buscando las palabras—. Curarse uno de millones. No milagros, esperar para saber.

Bajé por Lavalle y anduve al azar. Sentía una extraña mezcla de alivio y frustración; pensaba que si se había curado podría hacer planes de nuevo, dejar Buenos Aires, escribir un libro que tenía en mente. En el tren de regreso a Morón, apretujado al fondo de un vagón sin vidrios, decidí proponerle que se mudara a mi departamento del centro. Allí estaría más cerca de los buenos hospitales y había un teléfono al que podría llamarlo desde cualquier parte. Lo encontré en el living conversando con el cura del barrio que parecía muy conmovido, como si estuviera frente a un resucitado. Mi padre me dijo después que la socióloga había mandado una amiga a buscar algunas cosas de ella y que, aunque todavía se sentía muy débil, estaba tratando de retomar contacto con el mundo. La mujer ya no le interesaba, la había borrado de un plumazo. Le pareció fantástico irse a vivir al centro y pensó que hasta podríamos salir juntos de viaje. No dije nada; fui a ver a su médico para contarle lo que había pasado. Se quedó unos minutos en silencio, como si le estuviera reprochando un error de diagnóstico y me dijo que a la tarde pasaría a verlo acompañado de un colega.

Empezaba a pensar que esas cosas ocurren de verdad y que el insondable azar había favorecido a mi padre. Charlamos de libros y de películas sin hacer mención a su inesperada mejoría y preparé unas cajas con sus cosas para llevar a mi departamento.

—Voy a terminar de armar el Torino —me dijo—. Vos no entendés nada de mecánica y si vas a andar por el campo necesitás un coche que aguante.

—¿Con qué plata?

—Vos haceme caso. Lo voy a dejar como nuevo.

Gastaba la poca plata que le daba sin pensar en lo que pudiera pasar mañana. Garro Peña me había dicho que jamás conoció a un hombre menos previsor. Aquella pequeña fortuna que había traído de Chile en tiempos de la Revolución Libertadora le duró menos que una novia de verano. Empezó a gastarla conmigo en el Plaza Hotel, llamaba a La Orquídea para mandar flores a cuanta chica le hacía una sonrisa y parecía el presidente de la Paramount más que un simple representante. Era tan derrochón que un día el gerente de la empresa lo citó para que justificara sus ingresos. En esos años podía pasar por un joven de suerte, casado con una modelo de moda, sobreviviente de una persecución injusta y con un pasado misterioso. Podía explicarlo todo y al mismo tiempo seguir envuelto en la bruma. Supongo que tenía un encanto especial a los ojos de otros, emanaba de él un aura de aventurero afortunado, de hombre sin ataduras. A veces pienso que en una de ésas se enamoró de verdad de Laura y decidió tirar el pasado por la ventana. Pero el pasado tiene un significado alegórico, es un relato moldeado por el deseo. El ayer de una persona es tan escurridizo y dudoso como el de una nación. Si voy al encuentro de mi padre tropiezo con su fantasma tamizado por los prejuicios y ese impulso que latía en él es como el fuego de una vela a punto de extinguirse. Al presentir su muerte sentí que yo pasaba a ser el último sobreviviente de una historia que no le importaba a nadie, una música barrida por la brisa.

Tomamos un taxi para ir a casa cargados de cajas y paquetes. Mi padre parecía curado y hacía planes otra vez. Se sentó a mi lado y me miró lleno de confianza:

—Si vas a estar mucho afuera dejame unos pesos que ando medio corto —dijo mientras el taxi tomaba por Rivadavia.

—Lo que precises.

—¿No te animás a llevarme?

—Es un viaje largo.

—La próxima vez, entonces. Cuando termine el Torino.

—Sí.

17

Perdido por perdido, el Pastor Noriega me ofreció el cielo y también una de las valijas elegida al azar. "Que Cristo nuestro Señor decida, hermano", me dijo, y era verdad que por momentos su voz se le afeminaba de un modo incierto, como si se esforzara por parecer amable y distinguido. Hasta entonces yo había podido reprimir la codicia y mantenía cierto aire de dignidad. Pero al mover la valija la tapa se abrió y vi la plata. Era un gran espectáculo, un galopante recuerdo de *La isla del tesoro*. Si me la llevaba podría sentarme a mirar el futuro sobre algo sólido, elegir la mejor chica y veranear en Punta del Este, rejuvenecer diez años, sintonizar con la época. Pero tenía miedo de que me agarraran los grandotes de Morosos Empedernidos y me hicieran pedazos. Llevar esa plata era como pasearse con una bomba de tiempo. Al contemplar los billetes me di cuenta de que me cambiaba la cara, me ardían las mejillas y tenía ganas de ponerme a contarlos. Pero el riesgo era grande y le propuse al Pastor una alternativa que nos convenía a los dos:

—Escondamos las valijas cada uno por su lado. Después lo llevo hasta el pueblo para que se compre otro auto y mañana viene a buscar su parte.

—No, a ver si llueve y la plata se hace puré.

—Usted de este lado de la ruta y yo del otro.

—Oiga, ¿por qué no se lleva todo? ¿Tiene un arma, no?

—No soy un ladrón… ¿Qué haría usted si tuviera esta pistola?

—Bueno, le apunto, le quito el coche y sigo camino. En las películas es así.

Parecía resignado. Estaba metido en un calvario de lealtades traicionadas sin tener la menor idea de cómo enfrentar el problema. Se detuvo un instante a mirar lo escrito en el capó del Torino y vino a sentarse de nuevo a mi lado. Miraba los papelitos pegados sobre el tablero y se inclinó a leer con unos anteojitos redondos que sacó del bolsillo.

—¿De qué escribe? —preguntó.

—De usted y de mí.

Lo pensó con la mirada puesta en el techo. Se estaba haciendo noche cerrada y yo me preguntaba cuál sería el mejor sitio para enterrar la valija que me ofrecía. De pronto lo oí murmurar:

—Conocí a un escritor que venía al templo de Wilde. Un pobre infeliz, si me perdona la apreciación… Decía que Dios escribió la Biblia y la llenó de cornudos y homosexuales para que todo el mundo la leyera.

—También le puso ladrones.

—Por eso, nunca hay que condenar… Si yo le contara las cosas que vi…

—Me imagino.

—Qué se va a imaginar. Lo que usted escribe es caca chirle en comparación con lo que yo veo todos los días. Una inmensa laguna de mierda, le aseguro.

—¿Nunca encontró nada que brille?

—Qué sé yo, a veces un angelito nadando en el charco…

—¿Hay mucho en la valija?

—Dos millones en cada una.

—¿Y no le remuerde la conciencia?

—Lo que cuenta es la palabra de Cristo.

—Bueno, dígala.

—Mire que no le va a servir…

—Igual me gustaría escucharla.

—*Álzate.*

—Ya es algo, ¿no? Se lo agradezco.

—A la gloria de Dios, hermano. Usted lleva un gran dolor, enseguida que lo vi me di cuenta.

—¿Quién no?

—Yo se lo voy a aliviar.

—¿Qué tal si escondemos las valijas?

Sonreía. Veía la codicia en mi cara y esperaba que me avergonzara. Abrí la puerta y salí a meditar en la oscuridad. El cielo se había cubierto y no pasó mucho tiempo hasta que empezó a lloviznar. Lo escuché repetir *Álzate, hermano* y sentí un escalofrío. De golpe, a lo lejos aparecieron las luces de un artefacto que se acercaba metiendo una bulla infernal. En la oscuridad parecía una bola de fuego que se precipitaba hacia nosotros. Corrí a zambullirme al terraplén. El Pastor Noriega salió del Torino, gritó "¡Guarda hermano", y dudó entre salvar la plata o escapar. Ese instante perdido le fue fatal: un reflector lo iluminó a pleno como si fuera un cantante que sale al escenario. Lo vi correr hasta un maizal y arrojarse de cabeza entre las plantas. La luz del jeep lo persiguió entre las espigas y dos gigantes vestidos de Guns N' Roses se precipitaron sobre él. Yo tenía tanto miedo que agradecí a Dios no estar en su lugar. Los Guns N' Roses gritaban como poseídos y una chica que llevaba un látigo bajó del jeep y fue a darles una mano. Temí que al volver me rompieran los huesos, que se llevaran la computadora con la novela y fui volando a arrancar el Torino.

Encendí la luz larga, aceleré a fondo y no paré hasta llegar a un pueblo de ocho o diez manzanas apretujadas. Busqué la estación de ómnibus y le di unos pesos al de la boletería para que me dejara entrar a la oficina a lavarme un poco. Una vez bajo la ducha y con la pistola al alcance de la mano, me pregunté qué hacía perdiendo el tiempo con un charlatán de feria y maldije la hora en que paré a prestarle auxilio. Me quedé en el agua hasta que un chofer entró al baño y empezó un largo pedorreo mientras silbaba y golpeaba los nudillos contra la puerta. Tocaba una musiquita cansina y melodiosa que acompañaba con el arrebato de las tripas. Me di cuenta de que no había llevado nada para secarme y le grité que me pasara un trapo o cualquier cosa que me sacara del apuro. Me tiró una estopa por encima de la puerta, me preguntó para qué compañía manejaba, y sin esperar respuesta siguió con la tonada.

No me quedó más remedio que usar la estopa sucia y volver al auto en calzoncillos. No tenía la menor idea de dónde me encontraba pero me alegró ver que había un quiosco en el que vendían anteojos descartables. No tenían exactamente los que necesitaba, pero encontré unos que me permitirían leer lo que escribía. También compré pilas, Coca-Cola y galletitas. Quería olvidarme de lo que había visto. Tomé dos aspirinas y me preparé para una noche de trabajo.

Puse el número del capítulo, dejé tres líneas en blanco y me quedé pensando por dónde empezar. No podía olvidarme del Pastor Noriega atrapado en el maizal. ¿Por qué no me había quedado a defenderlo? Tenía la pistola cargada, al menos podía haber tirado al aire para espantar a los Guns N' Roses, pero preferí huir, poner a salvo la novela y abandonar al Pastor a su suerte. Me sentía sucio y cobarde, no había sabido estar a la altura de mis personajes. ¿Cómo me presentaría ahora ante ellos? ¿Cómo conduciría el relato hasta el final?

De pronto sentí un sobresalto. Con la llovizna las palabras se estaban borrando del capó, sólo quedaban unos hilos de tinta que corrían hacia la trompa. Tenía la idea en la cabeza, pero el orden, las pausas, las emociones, se alteraban. Hubiera tenido que anotar la frase antes de que se me escapara del todo, pero me gustaba jugar a olvidarla: si conocía el final, toda la novela quedaba condicionada y perdía el entusiasmo para escribirla.

Por alguna extraña razón ciertas palabras, por más simples que parezcan, se reúnen en determinado orden sólo una vez. Son como semillas que siembra el azar. Hice una frase y después otra y aunque se parecían mucho a la del capó, no sonaban igual. De todos modos las guardé con la esperanza de que otro día obtendría mejor resultado. Una regla de la literatura dice que las páginas perdidas son siempre las mejores. Manuscritos como los que extravió la mujer de Hemingway camino a los Alpes son inolvidables porque crean un relato paralelo. Durante siglos los textos han sido precarios y por eso las universidades norteamericanas los compraban para conservarlos en sus archivos.

Eso ya se acabó. Con la llegada de la computadora la noción de *original* se ha perdido. Los primeros cambios, a medida que el relato avanza, no son verdaderas correcciones sino opciones entre diferentes ideas antes reprimidas. Con la escritura disponible en la pantalla, la primera lectura es siempre inconformista, desalentadora, pasajera. Algo se desliza entre el escritor y su texto; lo hace relativo, ofrece la posibilidad de una alternativa inmediata. Estoy jugando, toqueteo aquí y allá con la seguridad de que esto no llegará al libro ni dejará huella. Entonces, ¿por qué hago copia en un disco como si lo mío fuera precioso? ¿Por qué dejo uno en el baúl y entierro otro junto a un sauce quemado? Porque es todo lo que tengo, me digo. A veces, descontento con el resultado, quemo todos mis papeles. Me siento a un costado del camino y miro como arde la breve llama de mi imaginación.

He perdido el hilo del relato. Me proponía escribir el pasaje en el que Laura y mi padre se acuestan por primera vez. Pongamos que dejé el hotel sin haber descifrado el final escrito en el capó, pero con un capítulo terminado. Ese en el que mi padre brinca en el cielo y vuelve a la tierra para regalarle a Laura una estrella. Ella termina por creer que ha encontrado a su hombre. En una carta, le dice a su hermana Yolanda: "No hay otro más gentil ni ingenioso, aunque es torpe y tímido a la hora de las galas y los entremeses". Imagino que ha querido referirse a la primera noche de cuerpos entrelazados, de homenajes postergados. Brutal en algunas caricias, tal vez mordisquero y hablador, mi padre la había deseado tanto que ya no tenía otra cosa que decirle que no fuera su felicidad: un revoleo de grupas humedecidas por el calor de la noche, algo frío que se vuelca sobre la cama, la tensión de una palabra inoportuna, el tiempo que vuela hasta el amanecer: mitad negro y mitad rojo. Cerca, alguien muere; atrás quedan, pequeñas, balbuceantes, las quimeras soñadas en playas nocturnas y la voz de Ángel Vargas que canta sin micrófono. Ella sabe cuán sola está, rendida en los brazos de un gran oso de pelaje blanco: nunca se hubiera fijado en sus pies planos, en la leve malformación de la cadera si él no se hubiera parado sobre una mesa del balcón a hacer la cuenta de astros silentes y meteoros a la deriva. No es un romántico a la violeta sino un filibustero exuberante. Bajaba una estrella, la ponía en una bandeja y la rociaba con polvo de oro. Cuando la servía ya no era una estrella, aunque latía como un corazón recién arrancado.

18

Hoy hablé con Marcelo Goya. Me dijo que la policía de la provincia encontró tres hombres que responden a la descripción de mi padre. Uno está muerto. Lo atropelló un camión en Azul; otro se cayó o lo tiraron del tren cerca de Pergamino y el tercero ha perdido la memoria. Andaba vagando por Playa Chica, en Mar del Plata. Todos tienen entre setenta y setenta y cinco años, un metro ochenta, cabello blanco y bigote. No han podido identificarlos pero sólo uno me interesa: el que caminaba cerca del mar. Ahí, frente al casino mi padre conoció a Laura y vuelve sobre sus pasos. Él haría una cosa así, buscaría un punto de referencia, un lugar sólido desde donde rebobinar la película. De una cabina llamé a la policía de Mar del Plata; me tuvieron veinte minutos hasta que tomó el teléfono un sargento primero. No se acordaba bien porque eran muchos los crotos que circulaban por la zona. Le pregunté si el hombre estaba recién operado de la barriga y me dijo que no sabía, que llamara al hospital antes de que lo mandaran a La Plata para identificarlo. Me dio el número y al cabo de insistir y de putear me atendió una voz de mujer.

—No damos información por teléfono —me dijo.

—Estoy lejos y ese hombre puede ser mi padre —insistí.

—El médico de guardia está atendiendo. Llame más tarde.

Y así estuve hasta la noche sin que nadie respondiera. Pasaron la llamada a la guardia, donde me cortaron sin atender. En terapia intensiva un enfermero me dijo que aguardara un minuto y me dejó colgado en la línea hasta que se cortó. Insistí. Atendió el mismo tipo, me ladró algo sobre una mujer que se le había muerto recién y de nuevo me dejó esperando. Varios minutos después alguien dijo "hola" y al escuchar mi voz colgó el tubo. Miré el mapa. Me encontraba a trescientos kilómetros de Mar del Plata y el Torino estaba bien de aceite, de frenos, ni siquiera necesitaba agua. Llené el tanque y tomé la ruta. Era medianoche y sólo me cruzaba con camiones y alguno que otro ómnibus. Lloviznaba un poco pero el coche se agarraba al asfalto, corcoveaba sobre los pozos, corría con la furia de un tren en la noche. Casi no podía pensar, me representaba a mi padre en la escollera viviendo el instante en que todo se acaba y el rompecabezas se arma. Lo veía dándose vuelta a mirarme; podía sentir su mano sobre mi cabeza.

Llegué de madrugada, sin haber comido, sin haber escrito una línea que me redimiera, algo que pudiera contar al enfrentarme con él. Nadie se cruzó en mi camino ni me preguntó nada. Fui directamente al piso de terapia intensiva y me puse un guardapolvo antes de entrar a ese campo de batallas perdidas. Al otro lado de la puerta un médico muy joven me hizo señas de que saliera, pero no le presté atención. Me fijé en las camas una por una hasta que encontré a un linyera al que sin duda habían confundido con mi padre. Era bastante parecido, pero nada más. Me sentí engañado, burlado. Hubiera querido que todo terminara allí, sin palabras. Iba a salir, pero el linyera me llamó y se alzó sobre un codo. Imploraba, necesitaba que alguien se sentara a su lado. Le apreté los dedos calientes y antes de que el médico viniera a echarme me hice un lugar a su lado. Ni siquiera tenía ropa; le habían puesto una sábana agujereada a modo de poncho. Tenía los ojos velados por las cataratas, o acaso era la penumbra que le daba un aire de espectro. "Cacho", me dijo, "¿quién ganó?" Tenía, como mi padre, el cabello blanco indomable y una frente altiva. "¿Quién ganó?, repitió y me tomó de un brazo. Pensé que el inconsciente me había jugado una mala pasada al conducirme allí donde yo quería que la historia terminara mientras las cosas sucedían en otra parte, sin mí. "¿Quién ganó, Cachito?", insistió el viejo y sin mucha convicción le dije que nosotros. Suspiró aliviado y me miró en la oscuridad. "¿Te parece?", murmuró, "¿Así jodidos como estábamos?" "Igual", dije. "¡Me cago…! ¿Qué había en la caja?" No supe qué contestarle y me puse de cuclillas a escuchar su respiración ruidosa. "¿El trompo? ¿Viste el trompo?" Asentí y quise irme, pero me tenía agarrado del brazo. "Me quedan dos bolitas… ¿Y a vos?" "Una, me queda una sola", contesté. "Dale: perdido por perdido, jugala." No sabía lo que hacía: instintivamente busqué en el bolsillo y saqué una moneda. "Ahí va", dije y la tiré rodando por el pasillo. Al escuchar el ruido el médico encendió una linterna y siguió el recorrido de la moneda hasta que llegó a la puerta y se detuvo apoyada de canto. Sentí que el viejo me soltaba y se llevaba la mano a la frente: "¡Los cagaste, Cachito!", gritó, "El cometa es tuyo!" Oí que sollozaba: "¡El cometa es tuyo, tuyo!", decía. Lo estreché con fuerza mientras el médico se acercaba con una inyección y esperé a que se durmiera en mis brazos. Le apoyé la cabeza sobre la almohada y me precipité escaleras abajo. Al llegar a la calle todavía llevaba el gusto de su aliento en la boca, su mirada me seguía calle abajo hacia la costa donde despuntaba el amanecer.

Fui hasta la plaza y caminé por la vereda del casino. Ahí se habían encontrado Laura y Ernesto cincuenta años atrás; la única memoria que quedaba de ellos dormía confusa, incierta, en mi cabeza. Mi padre no había acudido a la cita con sus fantasmas, quizá ni siquiera le importaban; vivía un intenso presente que le permitía sobreponerse una y otra vez, afrontar la adversidad sin la hipoteca del pasado. Los fragmentos que la memoria selecciona no son otra cosa que retaguardias del presente, claves del deseo que no alcanzamos a descifrar. Me acosté entre unas piedras y me quedé dormido oyendo el choque de las olas por encima del zumbido. Al despertar vi a lo lejos un barco que se acercaba al puerto y me di cuenta de que nunca había navegado, que jamás conocería la esencia profunda de los relatos de Conrad. Me sentía cansado, con el cuerpo pegajoso y la mente confusa. No había nadie en la playa. Levanté dos piedras, las hice chocar junto a mi oreja y después me metí al mar en calzoncillos, gritando como un samurai. Sin proponérmelo empecé a nadar hacia la escollera, contento de estar ahí, inesperadamente inundado de optimismo, como si empezara a cambiar de piel. En una de ésas el linyera tenía razón y al arrojar la moneda me había ganado un cometa.

19

Al corregir noto que mis capítulos diurnos tienen un aire más optimista y esperanzado que los que escribo de noche. Tal vez haya algo de verdad en aquello de que el clima condiciona el carácter. Casi toda mi vida he pasado las noches en vela y me cuesta mucho afrontar la luz del día. Trato de que el amanecer no me encuentre en la calle; al intuir el alba me encierro en un lugar oscuro y recién entonces me siento en paz. A veces, al leer un libro que me apasiona, me pregunto a qué hora, dónde, en qué condiciones de cuerpo y espíritu el autor logró expresar su alma con tanta grandeza. Qué había estado haciendo Kafka unos minutos antes de inclinarse sobre el papel y escribir: "Gregorio Samsa, al despertar una mañana tras un sueño intranquilo, se encontró en su cama convertido en un monstruoso insecto". O bien Melville, en un hotel de Nueva York, desprovisto de tranquilidad y escaso de dinero: "Habla, inmensa y venerable cabeza. Aunque sin barba estás blanca de musgos. Habla, poderosa cabeza y dinos el secreto que hay en ti. De todos los buzos eres el que ha sondeado más hondo. Cabeza sobre la que brilla el sol ahora: has andado entre los cimientos de este mundo, donde hombres y navíos olvidados se herrumbran, donde anclas y esperanzas mudas se pudren. Esta nave que es la tierra lleva como lastre en su mortífera bodega los huesos de millones de ahogados: allí, en ese espantoso mundo de agua, está tu morada preferida".

Éstos son mis libros queridos. Podría copiar mil páginas; me gustaría poner a Flaubert que jura por todos los dioses, sufre dolores de gota, escribe una y otra vez la misma escena. Cinco, diez, cien reescrituras para atrapar una coma inútil, un giro desairado. Quisiera rendir homenaje a las grandes palabras cada vez más necesarias. Bioy: "Hoy, en esta isla, ha ocurrido un milagro". Sarmiento: "Sombra terrible de Facundo, voy a evocarte". Cervantes, que lo inventa todo:

"En eso descubrieron treinta ó cuarenta molinos de viento que hay en aquel campo, y así como don Quijote los vio, dijo a su escudero:

"—La ventura va guiando nuestras cosas mejor de lo que acertáramos á desear; porque ves allí, amigo Sancho Panza, donde se descubren treinta, ó pocos más, desaforados gigantes, con quien pienso hacer batalla y quitarles á todos las vidas, con cuyos despojos comenzaremos á enriquecer; que ésta es buena guerra, y es gran servicio de Dios quitar tan mala simiente de sobre la faz de la tierra.

"—¿Qué gigantes? —dijo Sancho Panza.

"—Aquellos que allí ves —respondió su amo— de los brazos largos, que los suelen tener algunos de casi dos leguas.

"—Mire vuestra merced —respondió Sancho— que aquellos que allí se parecen no son gigantes sino molinos de viento, y lo que en ellos parecen brazos son las aspas, que, volteadas del viento, hacen andar la piedra del molino.

"—Bien parece —respondió don Quijote— que no estás cursado en esto de las aventuras: ellos son gigantes; y si tienes miedo, quítate de ahí, y ponte en oración en el espacio que yo voy á entrar con ellos en fiera y desigual batalla.

"Y diciendo esto, dió de espuelas á su caballo Rocinante, sin atender á las voces que su escudero Sancho le daba, advirtiéndole que, sin duda alguna, eran molinos de viento, y no gigantes, aquellos que iba a acometer. Pero él iba tan puesto en que eran gigantes que ni oía las voces de su escudero Sancho, ni echaba de ver, aunque estaba ya bien cerca, lo que eran; antes iba diciendo en voces altas:

"—Non fuyades, cobardes y viles criaturas, que un solo caballero es el que os acomete."

Hay pocas cosas tan personales e íntimas como los libros escritos por otros. Al leerlos los hacemos nuestros, dejamos que nos penetren, nos invadan y nos hagan olvidar nuestro propio relato. El mío estaba en Mar del Plata, me encontraba nadando bajo la lluvia feliz y lleno de esperanza. No existe edad ni tiempo para el nadador solitario, sobre todo si al llegar a la orilla se da cuenta de que no tiene ropa para ponerse y ha dejado el auto a treinta cuadras de allí.

Tuve que hacer como si anduviera de frac. Me arremangué el calzoncillo para que de lejos pareciera un traje de baño y caminé muerto de frío, haciendo señas cuando veía un hombre al volante. Había llegado a un lugar emblemático de mi relato y de pronto me encontraba en un trance absurdo. Literalmente desnudo, expuesto, desprovisto de todo. "Si me viera el Pastor", pensé. Resignado a volver a pie bajé a la playa y empecé a trotar aunque estaba agotado. Hacía demasiado tiempo que me había convertido en un hombre quieto. "Toro Sentado", me decía una chica que vivió unos meses conmigo antes de volverse a Italia. "Toro Sentado, mucha fantasía y poco seso", decía y yo me reía. Durante años estuve escribiendo historias tristes, llenas de peripecias hasta que todo se hizo tan diáfano que por un tiempo perdí las ganas de seguir. Pasó un año en el que sólo me interesé en la novedad de las computadoras como si quisiera atrapar los años perdidos. En ellas los signos van más rápido que el significado. Mi chica de entonces me enseñó los primeros pasos y después no hubo manera de apartarme de la pantalla. Pensaba que así como Cervantes había terminado con la novela de caballería yo podría cerrar el siglo escribiendo una gran novela electrónica. Sólo que, como decía mi padre, eso es pura vanidad. Aquel día tenía ante mí la desolada plaza en la que Laura y Ernesto se vieron por primera vez. Ahí estaban las arenas de Playa Bristol y todavía era posible distinguir las sombras que me convocaban a imaginar el pasado.

Entré en un hotel y dormí diez horas seguidas agitado por las pesadillas. Una monja dejaba caer una moneda y cuando yo la alcanzaba para entregársela me encontraba con la cara de Laura que tenía un tatuaje en la frente. Un escorpión o algo parecido. En el sueño ella no era mi madre, no la asociaba tampoco a mi padre. Simplemente era una monja tatuada que se iba con la moneda sin mirarme y me dejaba una extraña pesadumbre. Me levanté, abrí las persianas y me quedé mirando el mar. Me sentía tan solo y torpe como habría estado Laura al advertir qué pocos y confusos eran los caminos que se le abrían. ¿Cuál tomar si todos eran senderos de niebla? Me ilusionaba, al contemplar la agitación de las olas, con que si un día lograba estar en paz conmigo mismo podría escribir páginas serenas y virtuosas. Si no, me quedaba el camino de Kafka: "Al fin y al cabo no puede existir ningún lugar más bonito para morir, más digno de la desesperación total, que la novela escrita por uno mismo". La idea de caer muerto *dentro* del texto, en la selva de palabras tramadas en noches insomnes, me dejó fascinado. No sabía cómo relacionar a Laura, vestida de monja y tatuada, con la frase que Kafka le escribió a su novia en 1912. Me dolía el relato y lo que engendraba al transcurrir: ¿Dónde estaba mi verdad, si es que tenía una? Mejor que verdad debería decir *sinceridad*; es una palabra menos altisonante, más adecuada y cercana a lo que siento. Una historia escrita con sinceridad puede escaparse en todas direcciones, se hace tensa y frágil, pero es fiel a sí misma; tiene pasado y futuro.

En esos términos o en otros parecidos, me lo planteó Lucas Rosenthal en una larga noche de conversación. Lucas era un gran actor y el mejor de todos los borrachos que me tocó conocer. Lo llamé desde el hotel y le pedí que me ayudara a medir el ancho de mis dudas. En esos días Lucas hacía Shakespeare en el Teatro San Martín y estaba completamente sumergido en el papel: hablaba y se movía como su personaje; por teléfono sonaba como el rey Lear, al mismo tiempo grave y conmovedor.

"Mandame el pasaje y charlamos sentados en la playa", me propuso y acepté de inmediato. Había estado demasiado solo y necesitaba cotejar mi locura con la de alguien capaz de hacer trizas mi mundo, ponerlo al revés y devolvérmelo convertido en una gran fogata.

20

"Un pésimo actor, muy pagado de sí mismo, sale de gira con el monólogo de Hamlet. Siempre había soñado hacer Shakespeare, pero nunca lo llamaban. Ninguna compañía, ni la más triste, le ofrecía un papel. El actor, ya maduro, con dolores de ciática, veía alejarse el último sueño que tenía. Una noche, frente al espejo y a una amante cincuentona, llena de granos, se dijo que si los otros actores no se animaban, él sí. Y salió de gira. Fue a Córdoba y lo silbaron, fue a Bahía Blanca y también lo silbaron, pasó por Santa Fe y el público seguía silbando. Una noche, en Rosario, harto de derrochar energía, llegó a la conclusión de que algo fallaba. Aturdido por los chiflidos y el pataleo se paró frente al público, hizo un corte de manga y le gritó: ¡Paren, carajo, que no fui yo el que escribió esta mierda!"

Estábamos tan borrachos que nos reímos como locos, revolcados en la arena, mientras despuntaba el día. Lucas podía contar cualquier cosa y hacerla graciosa. Yo ya había escuchado ese chiste en el ambiente del teatro y creo que François Truffaut lo tomó en una de sus películas. Pero igual me hacía desternillar de risa. Supongo que era porque ponía en tela de juicio toda la escritura, aun la más genial que haya dado la humanidad. Sobre la playa, tambaleante, Lucas componía al mismo tiempo a Hamlet y al mal actor que lo interpretaba. "Viejo, las cosas que soy capaz de hacer por pasar un día en Mar del Plata…"

El avión había llegado con retraso en medio de una niebla cargada de relámpagos. Al verlo en el aeropuerto, desgarbado y un poco vacilante, rogué para que su borrachera no fuera tenebrosa. Le conocía al menos tres: la seductora, la colérica y la filosófica; en cualquiera podía ser tierno y antipático pero en todas era uno de esos tipos que ya no se usan, que saben escuchar y dicen siempre la verdad. Nos dimos un abrazo y me miró con una sonrisa de complicidad:

—Te aviso que no tengo un mango partido por la mitad.

—Siempre fue así.

—Siempre.

Comimos en el puerto, tomamos dos botellas de vino y después salimos a recorrer los bares. Cada vez que lo reconocían se ponía mal, se negaba a firmar autógrafos y decía palabrotas con la boca torcida. Durante la comida estuvimos midiéndonos, tanteando a ver si las cosas seguían en su lugar. Le conté sobre mi padre, le hablé de la novela y del tiroteo con los ladrones y no se sorprendió en lo más mínimo. Sólo preguntó por qué no le había avisado antes.

—No tenía ganas de dar explicaciones —le dije.

—A mí no me tenés que explicar nada, boludo.

Volvimos al centro, dejé el coche en el hotel y bajamos caminando hasta la rambla. Al llegar al casino interrumpió la conversación y me preguntó si podía darle unos pesos para ir a probar suerte.

—A ver cómo ando con el maligno.

Le di unos billetes y me senté a esperarlo en el bar de enfrente. Me sentía un poco borracho y como eso no tenía remedio pedí otro whisky. A los veinte minutos Lucas salió del casino y cruzó la calle corriendo.

—Ando de buena —me dijo mientras se sentaba—. Yo pago las copas.

Con toda displicencia metió una mano en el bolsillo y delante de todo el mundo sacó un puñado de billetes y la pistola que seguramente había encontrado en la guantera del coche. La tomaba por el caño con dos dedos, como si fuera una caca de perro. "No hagas macanas, no tientes al diablo", me dijo. Para complacerlo guardé las balas en un bolsillo de la campera y la pistola en el otro mientras él recitaba un pasaje sobre rubias que debía ser de Raymond Chandler. Lucas Rosenthal era una superposición de miles de personajes que afloraban no bien se les presentaba la ocasión. Habíamos hablado de mi padre y por algún recóndito lugar del inconsciente se filtró Hamlet dialogando con el espectro del rey asesinado. Aquella madrugada, en medio de la borrachera, todo tenía un color espeso: la luz era gris y el mar también. Teníamos una botella, una bolsa con hielo y vasos de papel.

—No sé —dijo Lucas—; si fuera como vos decís habría que aceptar que los actores tenemos un inconsciente y dudo mucho que sea así. Fijate que los actos fallidos son furcios cometidos sobre un texto ajeno. Claro, podés argumentar que eligen el momento, la palabra, pero igual son furcios muertos, papeles tirados en el suelo. La frase es de Beckett, te aviso.

Salimos en el coche por la costanera y al pasar por Mogotes me pidió que lo llevara a un lugar tranquilo donde pudiera dormir una hora. No tenía ganas de ir al hotel. Al llegar a Barranca de los Lobos salí de la ruta y anduve por un camino de tierra hasta que encontré un bosque y me detuve entre los pinos. A esa altura de la borrachera se me había dado por pelear.

—Me parece que te jode decir textos de otros —le comenté mientras salía del Torino.

Esa frase estuvo a punto de arruinarlo todo. Lucas no se merecía una cosa así, pero me conocía bien y en lugar de darme una piña se echó a reír.

—¡Ahí esta! ¡Ya apareció el Niñito Dios, el hijo de puta que me paga un viaje, me presta unos pesos y se cree con derecho a tirarme mierda en la cara! —replicó—. ¿Qué te pasa? Antes te tomabas las cosas con humor…

Le expliqué que había estado mucho tiempo sin compañía y eso me volvía huraño, pero hizo un gesto que rechazaba la explicación. Fue a orinar contra un tronco caído, prendió un cigarrillo y al volver me dijo:

—No, cuando escribís siempre estás solo; ése no es el problema. Lo que no podés digerir es que tu viejo se largue sin vos, se encierre en su propia selva como el tipo de *El corazón de las tinieblas*, ¿cómo se llamaba?

—Kurtz…

—Kurtz… ¡Carajo, cómo lo hizo Marlon Brando! Mirá, el viejo te quiere a su manera, no como a vos se te da la gana. Entonces hacés como que no lo entendés y te rajás. Pensás que va a venir arrastrándose a pedirte perdón.

—¿Y yo qué?

—Ah, viejo, ahí el que escribe el libreto sos vos. En su mundo el Niñito Dios hace lo que quiere.

Le dije que se fuera a cagar y estuvimos ladrándonos, sacándonos la bronca, recuperando palabras de otro tiempo. Se había terminado el whisky y empezó a pasearse, nervioso y concentrado. Apagó el pucho contra un tronco y fue hasta el coche porque no quería creerme que no tuviera una botella escondida. Las brasas se fueron chisporroteando arrastradas por el viento y cuando las quise apagar ya habían desaparecido. Lucas volvió con la botellita de alcohol que yo llevaba en el botiquín y empezó a tomar traguitos cortos como si sólo quisiera mojarse los labios. Me agarró de un brazo y nos internamos en el bosque sin reparar dónde estábamos ni a dónde íbamos.

—Mirá —me dijo—. Para tu viejo ya es tarde. Salvate vos, largá el papel de fugitivo y hacele frente a las cosas. Disculpame, pero ya que me pediste que viniera te bancás lo que digo y si no te gusta te jodés.

No era un borracho cualquiera; más tomaba y más lúcido se ponía. Subía al escenario con media botella de whisky encima y se desplazaba con la agilidad de un chico. Podía haber diez actores en escena que uno lo miraba sólo a él. Había pasado la época de los militares en España y allá le dieron todos los premios y distinciones, pero se volvió porque no podía estar sin sus amigos, sin las calles de Villa Crespo. Tuvo que hacer telenovelas, pero muy de vez en cuando le ofrecían algún papel por el que valiera la pena dejar de tomar. Poco a poco se fue dejando estar, se levantaba al caer la tarde y deambulaba por los barrios, paraba en bares sucios y descalabrados. Por las noches, si no trabajaba, iba a esperar la salida del teatro para quedarse con otros actores hasta el amanecer. Al principio le hacían notas, pero eran tan duras las cosas que decía que al tiempo dejaron de llamarlo. Detestaba la fama y todo lo que la rodea. Una vez un periodista le preguntó por qué si era tan exigente no se volvía a España. "Porque soy un pelotudo", respondió y se puso a decir el poema de Malcolm Lowry:

Es un desastre el éxito. Más hondo
Que tu casa entre llamas consumida,
el estruendo de ruinas y el desplome
ante el que asiste inerme a su condena.
Y la fama destruye como un ebrio
la morada del alma y te releva
que tan solo por ella trabajaste.

Pero el drama de Lucas era que estaba enamorado de una chica que no quería saber nada de él, lo hacía sentirse viejo y fuera de moda.

—¿Entonces no pasa nada? —le pregunté.

—No. Quiere ser rica y famosa. Es una joda porque no me la puedo sacar de la cabeza.

Me contó que era una actriz del *under* con muchas ganas de triunfar en la tele, que trataba de zafar de la cocaína. A veces se internaba en una clínica adventista y salía como nueva pero como el éxito tardaba en llegar enseguida recaía.

—¿Sabés qué fue lo más doloroso que me dijo? Que su mamá estaba enamorada de mí desde jovencita. ¿Te das cuenta? Hasta entonces yo no había tenido en cuenta la edad, nunca me había puesto a pensarlo…

—Si se fija en eso no vale la pena hacerse mala sangre, que se vaya a la mierda.

—Sí, pero no puedo dormir, pienso en ella mientras estoy haciendo la función… Mirá, perdoname, te voy a devolver la guita del pasaje porque vine a leer tu novela y me la paso hablando de mí.

—Te doy una copia y te la llevás.

—¿Querés que te diga toda la verdad?

—Toda… Toda, no. Vos sabés.

—De acuerdo. ¿Qué te parece si vamos a comprar otra botella?

—¿No tenés sueño?

—Ya no. La vida es corta y hay que bebérsela toda.

Buscamos el coche pero no nos acordábamos bien dónde lo habíamos dejado. Al final de un sendero encontramos una plaza de juegos con toboganes, hamacas y un subibaja. Lucas fue a mirarlos de cerca y con un gesto me invitó a sentarme en el subibaja. Me pareció buena idea y nos pusimos a jugar a quién rebotaba con más fuerza. No había más que la luz de la luna y era difícil resistir a la tentación. Saltamos y nos agitamos tanto que se me revolvió el estómago y tuve que ir a vomitar apoyado en un árbol. Doblado en dos, en medio de las arcadas y los calambres me pareció que el aire empezaba a llenarse de colores. Un amarillo tenue que venía de la arboleda, un naranja turbulento que iluminaba la plaza. No le di importancia. Entre los vahídos pensé que estaba amaneciendo y me di vuelta a ver qué hacía Lucas.

Estaba parado en lo alto del tobogán. Con el sobretodo revoleado por el viento y los brazos abiertos parecía un gigantesco murciélago listo para volar. Por un instante temí que se fuera de cabeza y le grité que me acompañara a las hamacas. Pero no me oía; estaba concentrado en un personaje que por la manera de moverse y desafiar a la tempestad me hizo acordar del capitán Ahab. Dialogaba con algo que estaba en otra parte, en algún lado que sólo era visible para él. Me acosté sobre el pasto sin advertir el calor y los ruidos de las ramas que estallaban a lo lejos, extrañado por las bandadas de pájaros que huían cubriendo el cielo. Recién cuando sentí que me ardía la piel y estaba bañado en sudor me di vuelta hacia el bosque y vi las llamas. El fuego subía por las copas de los árboles, envolvía el sendero por el que habíamos venido y avanzaba hacia la espesura empujado por la brisa. Lucas se lanzó por el tobogán, aterrizó en la arena y corrió tambaleando hacia el el incendio. Gritaba como un poseído y al enfrentar las llamas les arrojó con violencia la botella de alcohol y gritó:

—¡Ah, puto infierno, te ofrezco mi alma!

Tal vez imaginaba un truco de luces en una escenografía de cartón. Lo vi caer de rodillas y ponerse a llorar con la cabeza entre las manos. El fuego se cerraba en torno a la plaza. Un árbol cayó muy cerca de él y se partió en pedazos. Corrí a sacarlo mientras a lo lejos se oía una sirena. Lo tomé de un brazo y tiré hasta que conseguí arrastrarlo unos metros. La tierra estaba caliente como una hornalla, no había más cielo ni estrellas, nada que se pareciera a la noche apacible de unos minutos antes. Los crujidos de los árboles se mezclaban con los gritos de los animales espantados. Miré a todas partes buscando una salida y vi la sombra de un caballo desbocado que saltaba sobre unos matorrales. Entonces escuché la explosión del coche: fue como un trueno salido de las entrañas de la tierra, una inmensa llamarada blanca y roja que se elevó sobre las otras. Una hoguera aparte, metálica y sonora que escupía pedazos de acero, devoraba el Torino y la novela que estaba en la computadora. Lucas se puso de pie y vi en su cara un espejo en el que se reflejaban los sobresaltos del alma. Se quitó el sobretodo me lo tiró sobre la espalda y se dio vuelta a mirar el desastre y hacerle un soberano corte de manga como aquel actor del cuento. Un pedazo de vidrio le había herido una mano y al enjugarse el sudor se manchó la frente de sangre. Le señalé el lugar por donde había pasado el caballo y retrocedimos vacilando, muertos de sed, deteniéndonos a tomar resuello. Cerca, una enorme gata blanca llevaba su cría en la misma dirección. Arrastraba un gatito del cogote, lo dejaba a salvo, le lamía la cabeza y volvía a buscar el otro.

Tropezamos y nos bamboleamos hasta que alcanzamos los matorrales, rodeamos una arboleda que todavía no se había prendido y salimos frente a la ruta.

—¡Un bar! —gritó Lucas—. ¿Dónde carajo hay un bar?

Largué una carcajada nerviosa y también él empezó a reír hasta que me dijo:

—Vamos, que no nos vean acá.

—Esperá.

Le limpié la cara con el pañuelo empapado en un charco y le devolví el sobretodo. Nos mojamos los labios y antes de separarnos me dio una palmada en un brazo. Se adelantó por la ruta sacudiéndose los abrojos del pantalón, arreglándose el pelo, tratando de no parecer desairado. Cuando se alejó, me senté sobre un mojón. Quería estar solo, lejos de todo. Pensé que ahora mi novela quedaba atrás para siempre. Estuve absorto oyendo las sirenas y el motor de un avión que llegaba del lado del mar. No sé cuánto tiempo pasó hasta que apareció un ómnibus y se detuvo a recogerme.

Más adelante encontramos a Lucas haciendo señas como un pasajero más. Me pareció que había envejecido veinte años, pero tal vez componía un personaje. Se sentó en el primer asiento, sin mirarme, y le preguntó al chofer qué podía ser ese fuego, allá a lo lejos.

21

Me senté en un banco de la terminal a hacer el recuento: no me quedaba más que lo que llevaba puesto: el reloj, un poco de plata, la Visa y la pistola que Lucas había sacado del Torino. Todo se había perdido: la novela, las fotos de mi madre, la grabación del radioteatro, los apuntes. Absolutamente todo.

No quise decírselo a Lucas para no apenarlo. Le di la tarjeta para que sacara plata y comprara algo de ropa. Cuando se fue junté todas las monedas que tenía en los bolsillos y llamé a Marcelo Goya a Buenos Aires. Le dije en qué hotel estaba y recién entonces le conté lo que había pasado sin mencionar a Lucas. Casi se desmaya: me había anticipado plata, confiaba en publicar la novela para la Feria del Libro y de pronto yo le decía que todo se había ido al diablo por culpa de un cigarrillo. Naturalmente, no le dije la verdad, le atribuí la brasa incendiaria a unos borrachos que pasaban por ahí y lo oí maldecir el tabaco, los depredadores de bosques, los alcohólicos y los novelistas que no trabajan bajo techo. Le dije que si seguía así iba a ponerme a llorar. En un minuto se acordó de todos los escritores del mundo que habían recibido plata de los editores sin entregar nada a cambio, de los que exigían lindas tapas y entregaban originales llenos de faltas de ortografía; se cagó en Dios y en los que usaban computadoras, lanzó rayos y centellas contra los que salen a escribir una simple guía y cambian de idea a mitad del camino. Todavía seguía puteando cuando colgué el tubo.

Bueno, me dije, ahora tengo una novela fantasma, un texto mítico, un buen argumento publicitario y nada para publicar. Imaginé un libro de páginas en blanco con un gran signo de interrogación al final. En la contratapa iría el relato de las peripecias que habían conducido al autor a publicar su nada absoluta a la espera de que los lectores creyeran que estaban ante una obra mayor pero muda, silenciada por el incendio de la vida. Creo que Apollinaire tuvo alguna vez una idea parecida, sólo que su amante había arrojado los papeles al Sena. Me consolé pensando que los poetas se acuerdan de sus versos de memoria y pueden volver a escribirlos cuantas veces se les antoja.

En los televisores de la estación vi que empezaban a pasar imágenes del bosque. La mujer que daba la noticia se equivocaba de cabo a rabo: atribuía el origen del incendio a gente que habría puesto fuego al Torino para despistar a la policía en un caso de drogas. Todo era dicho en condicional, sin tener la menor idea de nada. Un tipo bajito, de acento riojano, que vivía al otro lado del bosque, lloraba porque su perro lo había abandonado, aterrorizado por el fuego. Decía haber visto a unos chicos que fumaban marihuana entre los árboles, pero no supo contestar cómo sabía que era marihuana. Igual, más tarde un locutor repitió como noticia los dichos del hombre y entrevistaron a una mujer que hablaba pestes de los que iban en coche a hacer cosas sucias entre la arboleda, se drogaban y dejaban el lugar lleno de jeringas, latas de cerveza y condones colgados de las ramas. De pronto la cámara mostró los restos del Torino. Podían haber pasado las imágenes del avión de Gardel, daba lo mismo. El fuego seguía y amenazaba otro bosque en el que vivía gente de plata retirada del ruido. Entonces recordé a Richard Mathesson, uno de los escritores que más me mareó cuando yo era joven: en el incendio de Los Ángeles, Mathesson volvió a la casa en llamas para salvar a su gato. Tenía más de sesenta años y no le importó el peligro. Ahora no es tan conocido, pero en su tiempo escribió novelas de terror metafísico y la mejor de ellas, *Soy leyenda,* fue el primer libro que leí en mi vida. Ahí aparecen el Gordo y el Flaco, terriblemente cómicos, convertidos en vampiros. Hacen muecas y toda clase de volteretas tentando al único sobreviviente "normal" del universo para que salga a la calle y se deje morder. Cada época le da nuevo sentido a una obra y leído hoy el libro de Mathesson es el criptograma de los años cincuenta con su caza de brujas y sus miedos nucleares.

Ahora que no tengo las páginas que escribí me es imposible saber si valían algo; las hice sin pararme a leerlas y apenas me queda de ellas la leve melancolía de una música perdida. Lucas volvió vestido con un traje holgado, de esos que caen sobre los zapatos como un acordeón. Tenía la cara marcada por la falta de sueño y me entregó un paquete con cosas que no le había pedido pero que me venían muy bien. Remeras, calzoncillos, un pulóver muy ancho y unas bombachas de campo que fui a ponerme al baño para no entrar tan sucio al hotel. Tomamos un colectivo, nos bajamos en la esquina y pasamos por la conserjería separados. Una vez en la habitación dejé la puerta entornada por si Lucas venía mientras estaba bajo la ducha. El bolso con mis cosas esperaba sobre la cama y aunque sabía que sólo había ropa, lo abrí con la ilusión de encontrar un disco del Macintosh. Sabía de sobra que no podía ser, pero igual, al comprobar que no había nada me corrió un frío por la espalda. Abrí el agua y traté de aflojar los músculos. Empecé a desear que Lucas se fuera, que desapareciera de mi vista. Estaba con los ojos cerrados cuando lo escuché llegar. Se asomó, golpeó la puerta con los nudillos y por entre el vapor me gritó: "¿Sabés? Hoy es mi cumpleaños". Atiné a contestarle que lo felicitaba, que me disculpara por haberlo olvidado. Debe haber percibido un dejo de bronca en mi voz; fue a sentarse sobre la tapa del inodoro y se dijo a sí mismo: "Pensar que Miriam me retaba, me decía que un día iba a quemar el colchón con el pucho…" Intentó reírse pero no le salió y fue a prender el televisor. Cada tanto ponían la foto del Torino y los bomberos afirmaban que el incendio era un atentado criminal y que pronto encontrarían al culpable.

—Mostrame la novela —dijo de pronto Lucas con voz insegura, como si se palpitara lo peor.

—Estaba en el coche —le dije.

Ya no tenía sentido ocultárselo. Me asomé y vi que se demudaba, como si fuera él quien la había quemado.

—Tendrás copia, ¿no? —preguntó y miró alrededor como si esperara encontrar una pila de hojas para leer en el avión.

También yo me preguntaba por qué no había sacado la computadora del coche, pero en verdad casi nunca lo hacía si no estaba seguro de que iba a trabajar. Eran demasiados cables a desenchufar y volver a enchufar y me contentaba con llevar un disco en el bolsillo por precaución. "¿Por qué no lo hiciste esta vez?", me preguntó Lucas y no supe qué contestarle. Me quedé en silencio, como atontado. Era inútil lamentarse, no servía de nada:

sabía que había enterrado un disco en alguna de las tantas rutas por las que había pasado, que estaba al pie de un árbol quemado, pero no me iba a ser fácil encontrarlo; no me acordaba dónde quedaba el lugar y necesitaba un auto para recorrer los caminos. Lucas tenía lágrimas en los ojos pero no dijo nada más. Se levantó y salió del cuarto dando un portazo.

Me sentía agotado y perdido como un boxeador al despertar del nocaut. Me tiré en la cama y me quedé dormido, pasé de la vigilia al sueño tan bruscamente como si hubiera apretado el botón de la luz.

Al despertar no tenía la menor idea de dónde me encontraba. En la tele vi a Jack Nicholson con un tajo en la cara y un sombrero de los años cuarenta. Traté de no moverme hasta que pudiera hacerme una idea de quién era yo y para qué servía. El zumbido del oído era tenue, constante, lejano. En el reloj tenía las once menos cuarto, a mi alrededor no había más que un bolso sobre un sillón y por la ventana no entraba luz. La pieza era igual a tantas otras, no había ninguna chica durmiendo a mi lado y la ropa que había en un paquete no era mía. Me puse de pie, fui hasta la puerta y levanté un papel tirado en el suelo: "Si te despertás, estoy en la playa. Tomo el primer avión de la mañana. No te achiques que vos sos capaz de escribirla de nuevo. Lucas".

Entonces me acordé de todo. Me vestí con lo primero que encontré, guardé la pistola en la campera y caminé hacia el mar. Supuse que Lucas no se habría alejado mucho y como necesitaba tomar aire y aclararme las ideas fui a ver si lo encontraba. La primera pregunta que me hice al pisar la arena fue si iba a darme por vencido. En ese caso el mío sería un fracaso grande, rotundo, redentor. Cancha Rayada, pero sin revancha. Lugones en el Tigre. Quiroga en el Hospital de Clínicas con el frasco de cianuro. Podía dejarlo todo y esconderme en la isla de mi padre. Que nadie volviera a tener noticias de mí, que mi libro desapareciera sin dejar rastro.

¿Y si no me daba por vencido? ¿Si salía a pelear el último round con la convicción de que no me iban a voltear así nomás? En una de ésas acertaba un directo a la mandíbula, un gancho, una escupida a los ojos, algo que me ayudara a terminar en pie, tal vez podría afrontar a mi padre, escribirlo y hacerle una vida nueva. Era una noche magnífica, de cielo abierto y brisa caliente. A lo lejos, en la playa, divisé un farol y gente que se movía como si estuviese viva. Apuré el paso pensando que tenía que juntar una por una todas las palabras que el fuego había devorado.

22

Lucas estaba rodeado de chicos que fumaban porros y escuchaban a Sting y les contaba un cuento de hadas: mezclaba Funes el Memorioso con Pierre Menard y les había prometido para el fin de la noche la historia de Silvio Astier, rebelde y traidor. En el suelo había un farol a gas y más allá una lancha y una moto. Me senté en una piedra a escuchar. A esa altura Funes se había convertido en la memoria de todos los amores y era poco menos que un príncipe en la corte del rock and roll. Eso le permitía al narrador ir y venir por entrepiernas, culos y tetas sin que nadie protestara. Por momentos navegaba entre géneros distintos, cambiaba la estética del relato y lo hacía más referencial, le ponía un poco de su juventud perdida y de ahí subía, con Conti y Walsh, hasta la quema de libros del año setenta y seis.

El éxtasis de la narración es un instante arrancado al tiempo, algo que flota en la eternidad. Quizá por eso los chicos no escuchaban el relato completo; cada tanto alguno se levantaba para ir a nadar o a dar gritos incomprensibles. La morocha que Lucas acariciaba con más entusiasmo era esbelta y se la pasaba haciendo muecas que no estaban destinadas a nadie en particular. Uno de los muchachos, de pelo rapado, parecía escuchar con atención, pero al mismo tiempo inflaba y desinflaba un globo con la imagen de Mickey. A veces se reían en algún pasaje que no estaba destinado a eso y se desenchufaban hasta que alguien encendía otro porro. A cierta altura de la narración pasó por la playa un aerobista solitario y más adelante nos alumbró un reflector de la policía. En un segundo sacaron la foto y se fueron, pero a mí me volvió a los oídos el ruido de la camioneta y los Guns N' Roses que encaraban el maizal detrás del Pastor Noriega. ¿Qué hacer con aquel acto de cobardía? Podría escribirlo, tal vez. Escribirlo sin modelos, sin descripciones, sin emoción. Sería una manera de ponerme a tono con este tiempo, cegar la memoria, borrar el pasado. Lucas contaba y acariciaba, lentamente erotizaba el aire: de pronto alguien puso a Fito Páez y de alguna parte cayeron dos chicas con una gigantesca torta de cumpleaños. Todo parecía lento, difuso, como si lo trajera el mar. Me preguntaba si era oportuno bajar y aparecerme, pero empezaron a cantarle el Cumpleaños Feliz y esa barrabasada me puso los pelos de punta. Siguió una escena en la que Lucas atrapó de los pelos a la morocha que hacía muecas y la besó en la boca mientras la arrastraba al suelo. Pensé que se armaba, pero no pasó nada. Unos se pusieron a prender velitas, otro intentaba tocar la armónica y el rapado se sentó a sacarse la arena de los zapatos. Ya era tarde para mí; no había participado, no era compinche de la tribu. Un petiso con el torso desnudo pidió ayuda para empujar la lancha. Lucas estaba arruinando el traje nuevo y cuando intentó quitarse el saco la chica lo volteó y se le echó encima. Se me ocurrió que todo era noble y triste, como las películas de Mulligan. Los que seguían ahí bailaban cada uno por su lado. El rapado estaba justo debajo de la piedra donde yo me había puesto y se movía como si siguiera un ritmo lejano. Yo tenía hambre y esperaba que cortaran la torta para inventarme una excusa y caer de sopetón. Sin saber por qué me paré y miré hacia atrás. El casino seguía iluminado, esperando que fuera a rasgarle la panza para arrancarle una vieja historia. Sin pensar en lo que hacía saqué la pistola, la cargué a ciegas y disparé contra una ventana. Estaba lejos y no podía alcanzarla, pero el estampido me atenuó la tortura del oído.

Hay historias que vuelan en el tiempo más livianas que el aire. A esta altura, si todo hubiera salido bien, yo estaría escribiendo la parte en que Laura y mi padre se acuestan por primera vez. Los haría asistir a la noche en que se inauguró la televisión el año cincuenta y uno y luego irían al departamento que ella tenía en la avenida Santa Fe, trataría en unas pocas líneas de revivir el nervioso acercamiento hasta que se dan el primer beso. Suena anacrónico, pero debería escribirlo igual. De ahora en más, si quiero salvarme, tengo que desenterrar lo que he olvidado. Si fuera un escritor diferente podría ir a besar los pies de la chica que le hablaba a las plantas; pero en mi mundo las cosas ocurren a altas horas, entre asesinos y conspiradores. La mía es una noche americana: todo pasa por un filtro nocturno y amenazador. Veo a mi padre que persigue una película que debe cortar a escondidas. Son los tiempos de Onganía y voy a su lado en silencio. Si echo la cabeza atrás y cierro los ojos, recuerdo su traje de casimir inglés y mi pulóver celeste. Lo oigo golpear una puerta y entrar sigilosamente a la cabina de proyección. Enciende una linterna y aparta una a una las bobinas hasta llegar a la penúltima; pone la cinta en el motor y la hace girar mientras lee un papel. Busca y rebusca entre los cuadritos y acerca la lámpara. Me pide que le alcance la valijita de los instrumentos, que es igual a las que llevan los médicos. Pone la pequeña guillotina sobre la mesa, inserta la película que hace un ruido de pan crocante y corta justo entre dos cuadros. Instintivamente me llevo las manos a la bragueta, pero quiero mirar cómo se hace. "Así, ¿ves?", me enseña, enojado no sé con quién, y tira de la bobina; dos, tres metros hasta que vuelve a cortar y arroja el sobrante al suelo. De la valija saca un frasco de acetato para unir los cuadros. Es, como le había dicho el gerente de la Paramount, un cirujano de la moral pública. Igual que los personajes de Tolstoi, que pueden ser muchas cosas distintas en una sola vida, mi padre fue de pobre a rico y de rico a pobre, de arquitecto a guerrillero, hizo un trayecto tan sinuoso que al terminar su vida era difícil reconocerlo por su propio pasado.

¿Quién sino yo puede interesarse en aquellas noches perdidas? Eran las de mis sueños, las que el tiempo se lleva enseguida. Tengo imágenes difusas, descoloridas, de los años en que todavía jugábamos al Lobo Feroz. A veces llevaba sombrero de paja y otras un bonete de payaso encima de las largas orejas negras. Tenía una boca muy grande con unos dientes largos y filosos, pero no me asustaba de veras. Por la espalda me corría un cosquilleo de excitación, un sobresalto de alegría pecaminosa. Mi padre simulaba correrlo a pedradas. "¡Allá va, allá va!", gritaba y tropezaba en los pozos de la playa.

Antes de salir a las rutas encontré unas fotos coloreadas que conservan el sabor del tiempo irrecuperable. Pura sensiblería de cartón desvaído. Las pasé al Macintosh y poco a poco fui resucitando tonos, contrastes, texturas. Es posible mejorarlas, pero con el resplandor de la pantalla pierden el encanto de la pátina original. En una toma, mi padre y yo estamos en la playa, él de campera negra y pantalones anchos que ondulan al viento y yo con un bombachón amarillo que me sitúa a caballo entre dos épocas. No le llego a la cintura y señalo algo que está fuera de cuadro. Tal vez el lobo que nos acecha entre las rocas, no sé si es el de Tex Avery o el de Disney, qué importa, si es el primer personaje que cuenta en mi vida.

Ésos eran mis sueños. ¿Sabía mi padre cuál era el suyo? Ahora lo presumo sin llegar a entenderlo. Ya era un tipo mayor pero no había crecido. Hablaba con el Pato Donald y se peleaba con el Lobo Feroz, pero una parte suya todavía buscaba enfrentarse a los dragones de fuego. Quería transfigurar el universo, convertir brujas en doncellas, fantasmas en duendes, lobos en corderos. Tal vez Perón lo había comprendido aquel día en la estación. Y también el almirante Rojas al cañonear más tarde su legendaria ciudad de cristal. Entre las fotos que encontré había una en la que un grupo de gente posa de pie, como en los asados o las despedidas de inmigrantes. Mi padre tiene una sonrisa beata, mi madre está con otras mujeres hermosas y abajo el único sentado soy yo, de pantalón corto. Debe ser el tiempo en que mi padre va a refugiarse a Chile. ¿Escapa de la Revolución Libertadora? ¿Del casino? ¿De las deudas? El tío Gregorio atribuye la fuga a la persecución política. A la utopía que ha quedado sepultada bajo los escombros transparentes. No sé. No me convence del todo la hipótesis, pero no tengo otra mejor.

En mi memoria se confunde la voz de mi padre con el ronroneo de una vieja película y me impide bajar a la playa a reunirme con Lucas y los chicos que soplan las velitas de cumpleaños. Se agarran de los pelos, gritan como indios y no existe otra cosa para ellos. Me digo que debe ser una forma de la dicha: encender grandes fuegos y apagar pequeñas velas, dejarse invadir por ruidos tranquilizadores, espantar la ferocidad de los recuerdos. En los días en que estaba escribiendo concebía el relato como un trayecto, un campo abierto por el que cabalgan alocados los temores y los sueños. Intuía que a una vida mal vivida no hay novela que pueda remediarla. Si no hubiera tanto insomnio, tanto ruido, todavía pensaría que sigue siendo así, creería en la gracia de las palabras, en aquel tipo al que le habían robado el sobretodo mientras pasaba frente al Congreso, en el francés que le recitaba poemas de Baudelaire a su novia muerta. Pero flaqueo, dudo, me llevo las cosas por delante, tanteo en busca de una puerta que al abrirse me descifre un secreto.

En alguna parte Juan Gelman escribió que conocerse es difícil, pero pensarse es horrible. Acaso la puerta que busco sea aquella que empujé para llamar a mi madre y me encontré con un silencio espeso y su sonrisa resignada. Me abrazó y en voz baja me dijo que tenía que irse, que pronto vendría a buscarme, que estaría bien con mi padre, que no me afligiera. Por esa puerta salió, le dio un abrazo a él y me estrechó muy fuerte antes de subir a un taxi. Es lo único vivo que tengo de ella y con el correr de los años me gustaba mirarla sonreír en la pantalla de la computadora. A medida que hurgaba en sus secretos, se me dio por imaginar de qué manera la habían visto los otros. Garro Peña y Bill Hataway, Patricia Logan y el fotógrafo de Gardel. Ponía los útiles de pintura a un costado de su retrato y comenzaba a retocarla, a marcarle las cejas, a cambiarle el color del cabello. La vestía con ropas de princesa y le ponía flores en las manos. La construía a mi gusto, la metía de nuevo en mi relato y pensaba cómo sería mi vida si la hubiera tenido a mi lado.

Las campanas de la catedral me sacaron del letargo y decidí volver a descansar al hotel. No sólo la novela había desaparecido en el incendio; también los libros y las pastillas para dormir; decenas de cajas de Rohyp-

nol que me procuraba con recetas falsas. El insomnio
también tiene sus pesadillas, puertas que se abren sin
que nadie entre y yo ahí, en un sillón de ruedas, más
viejo que el mundo, esperando que alguien venga a re-
velarme la verdad.

23

Dormí un par de horas de sueño confuso y al despertar el televisor seguía ahí. Me mojé la cara y abrí la ventana para que el aire frío terminara de despabilarme. Revisé otra vez el bolso, hice una lista de las cosas que necesitaba y salí a buscar un lugar donde me hicieran unos buenos anteojos. En la peatonal encontré una óptica donde se comprometieron a tenerlos listos a última hora. Crucé a tomar un par de tazas de café y comer unos sándwiches de miga y me quedé mirando a las chicas que pasaban. Trataba de hacerme una composición de lugar, intentaba verme desde afuera para no caer en la autocompasión. No podía dejar de pensar que al llamar a Lucas había abierto la puerta para que un intruso viniera a arruinarlo todo, a desatar la catástrofe en mi universo de juguete. Sabía que era injusto pensar así, pero no podía evitarlo. Antes del incendio al menos tenía las cosas más íntimas bajo control: la elección de mi rumbo, los lugares donde detenerme a escribir y dormir. Iba en un auto que había hecho mi padre y mi objetivo era encontrarme con él. Ahora, como en las historias sentimentales, de eso sólo quedaban recuerdos.

Pagué y salí a caminar. En la avenida Colón tomé un colectivo y me dejé llevar mientras sacaba la cuenta de la plata que me quedaba: di por perdido el anticipo que me había pagado Marcelo Goya y cerré muy fuertes los ojos tratando de recordar en qué ruta, en qué kilómetro había enterrado el disco con la novela. Sabía que estaba junto a un sauce quemado, pero en el campo había millones de árboles así. ¿Estaba en la ruta 3 o en la 29? Estaba seguro de haberlo marcado en un mapa, pero también eso se había quemado.

Bajé en el puerto atraído por el olor a pescado que me había quedado grabado de cuando era chico y mi padre me traía a visitar los cines de la calle de 12 de Octubre. Había imaginado que volvería a encontrarlo allí, escondido en la casa de una antigua amante o quizás en el Faro, donde solía contarme historias de King Kong. Sabía de sobra que no lo encontraría, que todo era una jugarreta de mi mente, atormentada pero igual lo estuve buscando por desarmaderos y galpones abandonados. Pregunté en vano a los capitanes de los pesqueros y en las naves de fortuna. Nadie lo había visto, nadie se sorprendía de mis preguntas, como si todo fuera posible en ese lugar. No sé si estaba en mis cabales; mientras me hablaban, los pescadores levantaban la vista hacia las nubes teñidas de negro. Alguien dijo que ya habían dominado el incendio y esperaban a que cayeran los últimos árboles para llevarse los restos del auto. Sin embargo no podía apiadarme, no tenía lugar para más congoja, mi única salida era la indiferencia, crearme una coraza para protegerme.

Crucé la avenida y me interné en un suburbio desierto. El puerto estaba vacío, no tenía la gracia que daban a los suyos los marinos de Melville ni había los frondosos burdeles de madamas francesas que bordean los relatos de Lowry. No era más que un muro entre la tierra y el mar. Me alejaba hacia los astilleros cuando una voz me detuvo, un llamado seguido de un quejido sordo, sin esperanza. Me volví y busqué en vano con la mirada. El sonido parecía salir unas veces de las entrañas de la tierra, otras del vapor que se levantaba y se perdía en el aire. Me acerqué a una boca de tormenta a la que le habían robado la tapa y me incliné a escuchar. Desde el fondo venía el ronquido extenuado de un perro, un largo lamento que encogía el corazón. Busqué con la mirada alguien a quién pedirle ayuda, pero no había más que sombras quietas y unos chicos que jugaban a la pelota. Al sentir mi presencia el perro se largó a ladrar, a saltar y golpearse contra las paredes estrechas. Le hablé para calmarlo, me agaché y prendí el encendedor. Por la avenida pasó un camión frigorífico que me tocó bocina como si el chofer saludara a un loco en esa tierra de nadie. La pequeña llama hizo que el perro redoblara su esfuerzo y saltara más alto, más desesperado e insistente. Aparté las manos para que no me mordiera y en ese momento escuché la voz que subía desde el fondo:

—¡Quieto Chusco! —decía—. ¡Venga hombre, baje tranquilo!

El perro se fue silenciando hasta quedarse en un jadeo cansado. No supe qué hacer: sentí el impulso de salir corriendo, de alejarme y volver al hotel, pero al mismo tiempo me atraía esa voz serena que parecía salir de una tumba.

—Pase si gusta —insistió—. No tenga miedo que no hay bichos.

Con un pie busqué el primer peldaño de la escalera mientras escuchaba el gruñido del perro y la voz que lo calmaba. Bajé un pie y después otro y lentamente fui abandonando la luz para sumergirme en una profundidad negra y cálida. Sentí que el hombre reía por lo bajo, se burlaba de mi aprensión. Volví a alumbrar para saber si todavía estaba lejos y sentí la lengua del perro que me lamía la mano y apagaba el encendedor. Por fin hice pie en el fondo. Sin quererlo, sin proponérmelo, me llevé la mano al bolsillo y recién entonces me acordé que había dejado la pistola en el hotel.

—Siéntese nomás —dijo el hombre—. No vuelva a prender esa cosa, ¿quiere?

—¿Necesita ayuda? —pregunté.

—No se preocupe, póngase cómodo.

Deslicé la espalda contra la pared y me senté con cuidado. Era como estar en una cripta. No se distinguía ni un detalle del lugar, ni siquiera las siluetas. Al tocar al perro me pareció que era grande y de pelo largo. Sentí que me apoyaba las patas en el pecho. Lo aparté para no tener encima su aliento y miré hacia arriba, por donde había venido. La luz era un redondel cobrizo cada vez más tenue.

—Si quiere dentro de un rato le cebo unos mates —dijo el otro—. ¿Gusta un trago?

Percibí un movimiento y la botella que me tocaba el brazo. No quería contradecirlo y la agarré a tientas. El perro me empujó con el hocico para hacerse lugar mientras el otro decía:

—Me llamo Walter. Mucho gusto.

La voz era firme, ni joven ni vieja y tenía un tono de cordialidad tranquila. Tomé un trago y le devolví la botella.

—¿Y qué anda haciendo por acá si se puede saber? —preguntó y sus pies empujaron los míos para ganar unos centímetros.

—Pasaba —dije—, y escuché al perro. Pensé que se había caído alguien.

—Es una posibilidad —respondió—. Sí, puede que tenga razón, señor.

No parecía más tocado que otros, sólo que no podía verle la cara y hacerme una idea precisa. El piso era duro y frío, de cemento. Por un instante me vino a la cabeza un escondite que de chico tenía en un potrero cubierto de yuyos. Íbamos con otros pibes a hacer que fumábamos, a prender ramitas de parra y contarnos los misterios que descubríamos sobre las mujeres.

—Acá debe hacer frío a la noche —dije, por decir algo.

—No crea, el vapor de la cañería viene calentito. Con un pulóver se duerme bien.

—¿Usted duerme acá?

—Acá, allá, qué más da.

—¿Le molesta si prendo un fósforo? Quisiera ver la hora.

—Cinco y diez, cinco y cuarto cuanto mucho. Yo me guío por las sirenas de los barcos.

De tanto en tanto el suelo temblaba al paso de los camiones. Avancé el encendedor lentamente y lo prendí con un movimiento rápido y breve. El perro se asustó y se levantó de un salto. Walter se cubrió los ojos con un gesto de disgusto.

—¿Ya está? —gritó—. ¿Ya me tiene? Qué le pasa, ¿es buchón usted?

—Disculpe, me cuesta estar a oscuras.

—Siente el horror, ¿no?… ¿Lo siente?

—Cuando usted habla.

—¿Busca a alguien?

—¿Qué le hace pensar eso?

—¿Por qué iba a bajar si no? Una vez vino un tipo de Suiza, no sé si se ubica. Quería hacer un túnel pero para eso tenía que traer picos, palas, instrumental, qué sé yo.

—¿Y?

—Siguió bajando y no lo vi más.

—¿Se puede ir más abajo?

—Lo que usted quiera. Acá detrás mío hay una puertita, un agujero que va a la cloaca y por ahí se pasa a la gruta donde encontraron los huesos del dinosaurio. Después no se sabe.

—¿Hace mucho que está acá?

—Vine en el ochenta, con el cuento del oro, ¿se acuerda?

—No, no estaba en el país.

—Se decía que un submarino alemán había enterrado unos tesoros antes de entregarse. Eso lo sabe todo el mundo.

—Ya lo habrían encontrado, ¿no?

—Eso digo yo. Los milicos estuvieron haciendo pozos por todos lados hasta que se pelearon entre ellos y abandonaron. Hicieron tantos agujeros que casi se hunde el puerto. No sé, me parece que el que tenía la justa era el suizo. Pasó por la puerta y no volvió más.

Nos quedamos un rato en silencio. Tenía ganas de fumar y sentía que me faltaba el aire.

—Lo voy a dejar porque se me está haciendo tarde.

—A quién busca, si se puede saber.

—A mi padre. Se escapó del hospital y pensé que andaría por Mar del Plata.

—Pasó por el agujero, seguro.

—¿Necesita que le alcance algo?

—No. Igual, si encuentro el tesoro no voy a decir nada…

—¿Por qué no prende una vela, algo?

—Por qué, ¿con luz se ve mejor?

—No quise decir eso.

—¿Usted qué edad me da?

—¿Cómo puedo adivinar? Puede tener doscientos años, qué sé yo.

—Mire, por ahí tengo el calentador y me gustaría invitarlo con unos mates. A veces el que viene de afuera tiene otras ideas y puede ayudar. Hace mucho que perdí a mi mujer. Ella me decía cómo hacer, a dónde ir. ¿Usted sabe a dónde va?

—No. Ya estuve en todas partes y no tengo la menor idea.

—Busca un padre, ya es algo.

—Si quiere mi opinión, Walter, no creo que por acá hayan enterrado nada.

—Justamente, yo pienso lo mismo.

—¿Vino alguien además del suizo?

—De vez en cuando cae alguien y pasa por la puertita. Yo espero.

—¿Qué espera?

—Otro incendio, una lluvia…

Me puse de pie tratando de no pisar al perro, miré hacia el círculo donde la luz ya se iba y empecé a subir. Al llegar a la calle todavía escuchaba a Walter que repetía como una letanía: "¡Ah, el horror, el horror!"

24

Bajé del colectivo en la esquina de Los Gallegos, pasé a buscar los anteojos y antes de que pudiera volver al hotel se largó una tormenta que me obligó a refugiarme en una librería. Aproveché para comprar una edición de bolsillo de *El Aleph* y un mapa de la provincia con la idea de reconstruir mis idas y venidas. La tormenta amenazaba durar toda la noche y decidí hacer el trayecto hasta el hotel pensando en la ducha caliente que me esperaba. Corrí pegado a la pared para protegerme de las ráfagas de huracán y ni me fijé en el Mercedes blanco estacionado frente al hotel. Lo noté raro al conserje, pero todos los conserjes son tipos llenos de secretos. Me dio un mensaje de despedida de Lucas que se echaba la culpa de todo y me alentaba a retomar la novela desde el principio. Iba a pedirle al conserje que me mandara un poco de compañía pero primero tenía que lavarme, comer un poco y ver cómo me sentía después.

Al salir del ascensor en el segundo piso todo parecía tranquilo, desierto y no vi al tipo que me tiró la trompada. Atiné a moverme a un costado y ahí recibí otro buen sacudón. Nunca se me hubiera ocurrido que Marcelo Goya iba a hacerme dar una paliza. Por supuesto, le había sacado un montón de plata que no pensaba devolverle, lo había incordiado con el asunto de mi padre y lo había mandado a la mierda por teléfono, pero no imaginé que haría cuatrocientos kilómetros para venir a pegarme. No me aporreó él, que era un gentleman; estaba con un grandote de Ventas al que yo nunca le había caído simpático, uno de esos forzudos que van de pueblo en pueblo con el auto lleno de libros. Tampoco fue una paliza para contar a todo el mundo. Simplemente me pegó un revés, una piña en el estómago y una patada en el culo mientras trataba de ponerme de pie. Ese choque con la realidad me sacó del estado sombrío en que estaba y me arrojó al mundo en el que los libros tienen un costo, un precio, beneficios y porcentajes que también se habían incinerado en el bosque. Sin mosquearse siquiera el vendedor me ayudó a levantarme, me devolvió el mapa recién comprado y se retiró sin decir nada. No sé qué hubiera hecho en caso de llevar la pistola, pero creo que no la habría llevado de arriba. Marcelo me esperaba en la pieza, sentado en la cama, como si no supiera lo que había pasado.

—Lo ubicaron a tu viejo —me dijo—. Está más loco que una cabra.

No sé por qué eso lo redimió un poco. Pensé que había venido a traerme la noticia y de paso aprovechaba para darme una lección. Me dejé caer en la silla y prendí un cigarrillo. Me sentía bastante dolorido y con ganas de darle un sillazo.

—¿Dónde está?

—No se sabe. Un cura lo encontró durmiendo en la iglesia de Brandsen y lo llevó al hospital. Parece que en la guardia lo cosieron y se volvió a escapar. Decime, ¿qué mierda hacías en el bosque?

—Fui a visitar al Lobo Feroz.

—No te hagas el vivo. ¿Vos te creés que la policía se va a pasar la vida buscando a tu viejo? No hizo nada malo: lo curan y se va por su cuenta. Punto.

Marcelo Goya era un editor *new age*; un tipo fino y mal hablado que había perdido el sueño juvenil de jugar una final en Roland Garros. Solía andar con modelos y licenciadas en letras de las que se burlaba en los quinchos de fin de semana. Su gran pasión era la plata, a la que llamaba "dinero" con un tono pomposo y amenazante. En otro tiempo, cada vez que me recibía en su despacho decorado con grabados de la India, siempre lo encontraba bebiendo yogures exóticos, comiendo verduras macrobióticas con unos palitos de marfil que había traído del Tibet o de uno de esos lugares a los que iba a meditar. Era de los que hablan con las plantas y se curan con ellas. Se decía que a los dieciocho años había derrochado media fortuna de su abuelo tomando clases de tenis con los mejores entrenadores del mundo y con la mitad que le quedaba mantenía la editorial, pero si uno le preguntaba sonreía con malicia, cruzaba los zapatos sobre el escritorio y movía la cabeza: "No te gastes en elogios, pelotudo", decía, "que igual no me vas a sacar un mango", y se largaba a reír. Le encantaba hacer sentir su pequeño poder, jugar al gato y el ratón, saberse halagado por gentes que en otras circunstancias lo hubiesen ahorcado en un árbol de Palermo.

Sin embargo a veces daba buenos consejos que terminaban perjudicándolo a él. Así fue que al enterarse de mi partida, me propuso que escribiera la *Guía de pasiones argentinas* y se hizo cargo de llamar al hospital y tenerme al tanto. Para hacerle justicia tengo que reconocer que lo hizo bien, que su secretaria se ocupaba todos los días y pagaba los gastos con la esperanza de que a fin de un año yo le entregara el libro. El día que fui a despedirme sacó una chequera forrada en cuero, pronunció la cifra en voz alta para impresionarme y firmó con una caligrafía deliberadamente barroca. Ahora, por confiar en mí, se había quedado sin plata y sin libro; no tenía la *Guía* ni tampoco la novela, nada para publicar en vísperas de la Feria del Libro. Así que, vista con imparcialidad, la paliza que me había hecho dar estaba justificada. Sólo que en ese momento yo no lo veía así y mientras hablaba me contenía para no levantarme y patearle los huevos.

—Tenés un disquete, supongo —me preguntó, sabiendo que no.

—Enterré uno, pero no me acuerdo dónde.

—¡Hay que ser boludo! ¿Cómo que no te acordás?

—Llevo andados cinco mil kilómetros. Si me prestás el coche…

—¿El Mercedes? Vos estás en pedo… Me entregás el libro a fin de mes o pasás el resto de tu vida escribiendo solapas y gacetillas, atorrante. A mí no me vas a cagar.

Tenía tantas ganas de darle una piña que debe de haberse dado cuenta y retrocedió hacia la puerta.

—Me espera a cenar una mina de locos —dijo—. Al menos yo tengo con quién pasar la noche, pelotudo.

Dejó la puerta abierta y se fue a reventar los boliches de la costa. Yo ya había muerto para él. Desplegué el mapa, miré el dibujo de los caminos y me pregunté si había escondido el disco antes o después de cruzarme con el Pastor. Me di una buena ducha, me recosté en la cama pensando en el tipo del pozo y no tardé en quedarme dormido. Soñé que mi padre estaba sentado en un banco de la plaza y me mostraba las tripas; las sacaba de un bolsillo rojas y sangrantes y me las pasaba para que las mirara con detenimiento. Era una gran rosca de tripas bovinas y mi padre, vacío de ellas, había empequeñecido tanto que parecía un enano de jardín. Yo le metía la mano en un agujero de la barriga (de pronto tenía un gran agujero) y sacaba, intacto, el corazón.

Era agradable. Al cabo, aunque los sueños no tienen principio ni fin, yo le devolvía sus tripas y se iba por el medio de la plaza, otra vez grande, pesado, envuelto en un impermeable blanco.

Al despertar anoté lo que me acordaba, me vestí, y aunque todavía no había amanecido y seguía lloviendo decidí tomar un ómnibus para volver sobre mis pasos. La ropa que Lucas había comprado alcanzaba para el frío, pero si me largaba abajo de la lluvia me iba a empapar. Pagué la cuenta del hotel con la tarjeta y si bien tenía la plata contada no me quedó más remedio que llamar un taxi para ir a la terminal. El chofer me contó que no habían encontrado al autor del incendio pero que lo tenían identificado; era un guerrillero chiflado y solitario.

La terminal de Mar del Plata es un edificio siniestro, descuidado, que a esa hora estaba casi vacío. Unos chicos dormían en el suelo y otro, bastante volado, le hablaba a una ventanilla cerrada. El panel de los horarios anunciaba un servicio de La Costera para Buenos Aires a las siete y La Serrana a Córdoba a las siete y media. Pensé que ése tomaría por la ruta 29, pero no había a quién preguntarle. El volado discutía cada vez más fuerte con la ventanilla y como no tenía ganas de que viniera a darme la lata salí a caminar por la plataforma desierta. Llovía a cántaros y de pronto tuve miedo de que entre los escombros del incendio pudieran encontrar algo que nos identificara a Lucas y a mí. Pero no, era imposible, no hay huella que el fuego no borre. El culpable sería nomás el guerrillero o la sombra de su pasado, el loco de atar que habían cosido en Brandsen y seguía corriendo como un golem monstruoso sublevado contra el Creador.

25

Casi ni se notaba el amanecer con tanta lluvia y el cielo encapotado. El ómnibus avanzaba bamboleándose y derrapando en la cortina de agua. Era un viaje inútil; resultaba imposible distinguir los árboles ni cualquier otro detalle que me permitiera identificar el sitio que buscaba. Me parecía recordar que mi árbol tenía clavado un cartel que anunciaba una venta de miel a unos kilómetros de allí. Nada más que eso. Por el vidrio bajaban gruesas gotas que el viento barría antes de que pudiera imaginar el dibujo que formarían los surcos. A mi lado iba un gordo grandote muy concentrado en la tarea de armar los juguetitos que vienen en los huevos Kinder. Llevaba tres cajas llenas y desde que salimos de Mar del Plata no paró de comerse el chocolate mientras abría las yemas de plástico con extrema cautela, como si palpitara la sorpresa. Cada vez que descubría las piezas de un juguete nuevo lanzaba una exclamación de júbilo y se ponía a armarlo, a pegarle las calcomanías con los dedos húmedos de emoción. Lo hacía con una infinita paciencia, ajeno a los azotes del viento y los barquinazos del ómnibus. Si le tocaba uno repetido lo volvía a cerrar y se lo guardaba en un bolsillo. Tal vez me engañaba, pero parecía un tipo inmensamente feliz, un pibe que acaba de encontrar su primera novia, una parturienta besando a la criatura, un camello llegando al oasis. Había apoyado el portafolios sobre las rodillas y a medida que terminaba el trabajo ponía un Simpson frente a un dinosaurio, un avión con un helicóptero, un cochecito delante de un oso hormiguero. Y así siguió todo el trayecto, con una leve sonrisa, mordiéndose los labios, sudando a chorros. Ni siquiera aceptó un chicle que le ofrecí para sobrellevar las ganas de fumar. Movió apenas la cabeza y siguió en lo suyo hasta que sacó un carro romano con un gladiador y cuando terminó de montarlo se quedó dormido.

Para ir al baño tuve que hacer acrobacia, colgarme del techo y pasar las piernas por encima de los juguetes. Fui a golpearme la cabeza contra la carrocería porque el zumbido me tenía a mal traer. Al volver a mi asiento rocé una locomotora de la West Fargo y no pude impedir que se cayera al suelo. Por más que me agaché a buscarla y me puse los anteojos, no pude encontrarla y al rato ya la había olvidado. Pasado el mediodía dejó de llover y entramos a un pueblo donde me pareció haber estado antes. Lo reconocí por el monumento a Castelli y las hileras de acacias que bordeaban la avenida principal. El ómnibus entró en lo que había sido la estación del ferrocarril y se detuvo al borde del andén. El gordo se despertó sobresaltado, me pidió mil disculpas por cerrarme el paso y se puso a guardar los muñequitos y los coches de plástico en el portafolios. De pronto advirtió que le faltaba la locomotora y me miró como si yo se la hubiese robado. Le dije que se había caído, que si me dejaba salir al pasillo lo ayudaba a encontrarla. Se apartó y no bien bajaron los otros pasajeros me tiré al piso y la rescaté enseguida. Cuando me levanté le adiviné un relámpago de angustia en los ojos; tomó la locomotora con dos dedos como si fuera un diamante, la sopló y la limpió con la manga del saco que le iba demasiado ajustado. Ahí le volvió el alma al cuerpo, me dijo que se llamaba Esteban Carballo y me preguntó si también yo era comisionista. Vi que no me iba a ser fácil sacármelo de encima, pero daba gusto tenerlo cerca. Irradiaba una alegría plena, generosa y cuando le dije que era escritor casi me da un abrazo.

—¡Borges! ¡Yo me leí todo Borges! —dijo.

De alguna parte sacó un pañuelo de seda y se lo calzó alrededor del cuello con bastante donaire, como si se preparara para entrar al despacho de un ministro. Intenté despedirme, pero me pidió que lo ayudara a bajar porque los escalones eran demasiado altos para él. Recién entonces me di cuenta de que tenía una pierna tiesa y caminaba revoleando el cuerpo.

—Vengo lleno de paquetes —me dijo—. Así es mi trabajo; buscar cosas que la gente quiere y sin mí no podría tener.

—Se alegran de verlo, entonces.

—¡Siempre bienvenido! Vaya adonde vaya me reciben con los brazos abiertos. Imagínese, ¿qué puede comprar uno de lindo en estos pueblos?

No era el lugar donde estaba mi árbol, pero igual lo reconocí. Ahí había parado a cambiar la cubierta del Torino después del tiroteo. Carballo se quedó al lado del ómnibus hasta que apareció su equipaje, un baúl tan grande como para llevar los bártulos de un circo entero. Tuve que ayudarlo otra vez y aunque se puso a repartir juguetes por acá y por allá, nadie pareció conmoverse.

—Colonia Vela —dijo—. Lindo lugar para que te agarre un patatús.

Y se largó a reír. No tenía más de treinta años. Llevaba corbata floreada, camisa floreada, medias floreadas y un pañuelo amarillo como un sol.

—Voy a llamar un flete —me dijo y me tomó del brazo—. Si me espera un minuto podría contarle un montón de cosas, porque yo conozco muchas anécdotas y en una de ésas le pueden servir.

—Le agradezco, pero tengo que seguir viaje.

—¡Véngase conmigo al Paraíso, hombre! Tiene pensión completa y está todo pago.

No me dio tiempo a contestarle, cuando atravesaba el andén y entraba en la oficina para buscar un teléfono. A cada paso que daba parecía que con un pie subía una montaña y con el otro trotaba por los valles. Algo me decía que iba a complicarme los planes y decidí escaparme, cruzar la vía para esconderme en unos gigantescos galpones que vi a lo lejos. El zumbido era cada vez más fuerte y no me permitía concentrarme. Corrí por el campo y llegué a un edificio de ladrillos que debió haber sido un taller o la cabecera de una playa de maniobras. Pasé entre unos tambores oxidados, subí a una pila de durmientes que llevaban años pudriéndose ahí y busqué un rincón que no estuviera mojado para sentarme a mirar el mapa.

El árbol tenía que estar dentro de un triángulo de lugares en los que recordaba haber parado a escribir. En Tandil había hecho unas páginas sobre Bill Hataway, en las afueras de Ayacucho hice el capítulo de Patricia Logan y en un hotel de Rauch el de mi primo policía. En otra estación abandonada cerca de Médanos había copiado las citas. Si no me equivocaba allí se me había extraviado el libro de Conrad del que pensaba sacar unas líneas que siempre me habían conmovido. Me veía a mí mismo haciendo un pozo con la manija del crique, ente-

161

rrando el disco envuelto en una bolsa de plástico. Estaba casi seguro. Digo casi porque tenía la cabeza a punto de estallar, el moscardón rugía y aleteaba, se golpeaba contra el tímpano; el ruido era tan intenso que deseaba que me perforara el cráneo y se fuera para siempre aunque me dejara descerebrado. Pero sabía que no iba a salir, que el padecimiento sólo se me atenuaba con un ruido más fuerte. Abrí el bolso, tomé la pistola y me acerqué el caño a la oreja apuntando hacia arriba. Disparé y metí otra bala en la recámara; iba a gatillar por segunda vez pero en ese instante Carballo se apareció entre los durmientes y me pegó un grito desesperado. Igual tiré sin fijarme a dónde apuntaba; la bala fue a dar en un dintel de hierro y de rebote se incrustó en uno de los tambores, a medio metro de donde estaba él. Se quedó blanco, paralizado por el susto, con la boca abierta como si fuera a estornudar. Yo también me había sobresaltado y cerré los ojos hasta comprobar que los balazos retumbaban en mi oído y neutralizaban el dolor. Me sentía agotado pero poco a poco recuperé la calma. Carballo dio un brinco, el talón que usaba para compensar el desnivel resbaló en el pedregullo y fue a caer sentado en medio del barro. Al verlo me dije que hasta un hombre dichoso pierde el equilibrio cuando se acerca a mi mundo. Pero él no resignaba el buen humor, se reía a carcajadas y lo único que me pedía era que lo ayudara a levantarse.

—Caramba, creí que se estaba suicidando —protestó mientras se agarraba de mi brazo y se incorporaba, sucio como un chancho.

—Me parece que se le arruinó el pantalón —le dije para mortificarlo y guardé la pistola.

Se miró, hizo un gesto de fastidio y enseguida retomó el mejor lado de la vida con una sonrisa profunda, llena de dientes sanos, listos para comerse un tiburón.

—¿Se decidió? ¿Viene conmigo al Paraíso? Casa y comida; buena compañía, ¿no le interesa?

Sudaba y el chorro le bajaba por la mejilla casi imberbe. Iba a seguir hablándome, pero volvió la lluvia y no tuvimos más remedio que saltar sobre los rieles y forzar la puerta del galpón. Casi se vuelve a caer y entonces sospeché que no era una súbita amistad lo que lo traía a mí sino la pura necesidad, la búsqueda de una muleta en la que apoyarse. Tal vez hiciera lo mismo en todos los pueblos, mendigaba unas horas de amistad sin que pareciera que daba lástima.

Era uno de esos edificios inmensos construidos por los ingleses a principios de siglo. Por las claraboyas de vidrio esmerilado entraba una claridad lúgubre y mortecina. Le dije al gordo que no se moviera. Con el encendedor prendido me acerqué a la pared y fui tanteando hasta encontrar una caja de tapones y la palanca.

—Apártese —le grité y arrastré un durmiente para ponerme bajo los pies y protegerme del sacudón. Cerré los ojos y tiré fuerte, pero no pasó nada, no se movió ni un centímetro. Tomé la pistola y le di un par de culatazos antes de intentar de nuevo. Entonces sí: un chisporroteo enceguecedor corrió a lo largo del techo, algunos cables explotaron, un interminable cortocircuito hizo saltar las bombitas y sólo cuatro o cinco quedaron prendidas en la inmensidad.

—¡Pucha digo! —exclamó el gordo y yo también me quedé duro de la sorpresa.

Todos los trenes del mundo estaban ahí, arrumbados entre el polvo y las enredaderas que crecían pegadas a las vigas. Habría sido un museo del ferrocarril o algo así, un lugar donde guardaban los trenes antiguos, los vagones del Expreso Cuyano y del Cruz del Sur, las locomotoras que recorrían el desierto, el trocha angosta que iba por las montañas. Había zorras a manivela, furgones de carga y coches comedor. Máquinas a vapor, salones de fumar y camarotes para pasarse la vida haciendo el amor. Eran los juguetes que armaba Carballo pero en grande, un Disneylandia del pasado, una caverna de Alí Babá perdida en la llanura.

—Y yo acarreando porquerías —oí que balbuceaba el gordo y avanzó dando barquinazos para tomarse del pescante de un coche azul y blanco en el que todavía se leía "Perón cumple, Evita dignifica". Más allá había otro, marrón, de ventanillas cerradas, que llevaba el nombre del Peludo Yrigoyen y el escudo radical. Me senté en el suelo y me quedé contemplando el siglo que se iba: calderas apagadas, toneladas de un acero inerte, viajes sin destino. Lamenté no tener una libreta, un pedazo de papel para anotar aquella vaga sensación de vacío que me había ganado de repente.

—¡Venga! —me gritó Carballo que había conseguido subir a un vagón—. Deme una mano que lo quiero manejar.

Lo alcancé para ver si no estaba haciendo macanas. Había llegado a la máquina e intentaba subir por la escalera del foguista. Lo levanté con un hombro, sentí que me golpeaba con su talón de lisiado y vi cómo se perdía en lo alto.

—¡Llena de carbón! —dijo—. Lista para arrancar. Vaya a fijarse adentro.

—¿Para qué?

—La gente siempre se olvida algo. Vaya a ver.

—Hace años que no funciona. ¿Qué quiere que encuentre?

—Monedas viejas, cochecitos de carrera, qué sé yo... Una vez en un colectivo encontré un corpiño. No sabe la paliza que me dio mi mamá.

—Se va a poner negro, le aviso.

—Tengo más ropa. A mí me va bien, no crea… Un día me voy a comprar mi tren así y voy a invitar a las chicas. Le engancho tres vagones y hasta Bariloche no paro.

—¿Tantas chicas tiene?

Ni me contestó. Asomó una pierna, la apoyó en el primer peldaño y bajó despacio hasta llegar a mi lado. Me miró fijo, con un destello de picardía.

—Acompáñeme a entregar las encomiendas, ¿quiere? Son cinco minutos. Yo trabajo y usted se sienta a escribir.

—¿Hay teléfono ahí en el Paraíso?

—Teléfono, fax, lavarropas, lo que quiera. ¿A usted no le gustaría manejar un tren?

—No sé, supongo que sí —le dije, pero no me escuchaba. Estaba ensimismado toqueteando llaves y moviendo palancas. Bajé y caminé entre espejismos. En uno de los vagones decía "Salida de artistas" y me vinieron ganas de ir a ver. La lluvia había amainado y al otro lado del galpón Carballo cantaba *O sole mio* completamente olvidado de sus clientes. Subí al vagón y sin pensarlo me encontré sentado frente a la mesa de maquillaje. El espejo estaba descascarado pero mis ojos estaban ahí. Los míos y muchos otros. Estuve mirándolos con atención tratando de descubrir de qué estaban hechos, de qué serían capaces. Al cabo lo supe: Frankenstein era yo. Había construido una criatura torpe y llena de odio que me habitaba y rugía como un moscardón. Tenía que terminar la novela. Sacar el monstruo a la luz y arrancarle los ojos.

26

Vino a buscarnos una camioneta toda desvencijada que hacía de flete. El chico que manejaba nos dio una mano para bajar el baúl en el hotel que debía ser el mejor de Colonia Vela. Carballo le pagó y fue a hablar con el dueño. Vi que metía la mano en el bolsillo y que el tipo señalaba una mesa al fondo del bar. Pensé que iba a tomar una pieza pero me equivocaba: el gordo fingía ante sus clientes y sólo pagaba el derecho a poner el baúl al lado de una mesa del bar. Pidió un whisky con mucho hielo para que le durara más tiempo y aunque me ofreció uno a mí me di cuenta de que no tenía que aceptar porque le complicaba el presupuesto. Pedí el teléfono y llamé al hospital de Brandsen. El médico que me atendió se tomaba por una eminencia y me contó en detalle el trabajo que le había hecho a mi padre. Me dijo que le sacó no sé qué cosa, que le acomodó las tripas de otra manera y que si pudiera internarlo por unos días me lo devolvería hecho un primor. Le pregunté si le había dicho algo, si estaba en condiciones de hablar. Quería estar seguro de que fuera él y no otro, pero al escuchar la respuesta del médico ya no tuve dudas.

—Nos explicó cómo funcionaba la bomba de cobalto y pidió que no le hiciéramos anestesia general.

—Qué más.

—Que estaba esperando la próxima lluvia, o algo así.

Me contó que no estaba hambriento ni parecía moribundo, pero que si no se internaba no iba a durar mucho. Entonces, ¿por qué al colgar me sentía mejor, más optimista? ¿Qué me hizo pensar que estaba con alguien que lo cuidaba, quizá con una de las mujeres que tuvo en los últimos tiempos o con un amor marchito de la época en que transcurría mi novela? No sé, lo único seguro era que estaba vivo, que seguía jugando a las escondidas conmigo y con él mismo. Era Kurtz que se internaba en la selva. Nunca, por más pestes que echara contra la literatura, le oí hablar con desprecio de Conrad. Muchas veces pisoteaba a mis maestros porque pensaba que habían tomado su lugar, pero jamás a Conrad. El día que fui a verlo al pueblo donde estaba dando conferencias me habló del capitán MacWhirr y también de *El corazón de las tinieblas*. Tenía un ejemplar todo subrayado que había robado en una librería de Tandil y esa noche cuando nos despedimos me dijo que no hiciera caso del subrayado y me lo regaló. Quizá por eso lo perdí y no llegué a copiar la cita en el capítulo que estaba haciendo. Me prometí conseguir otro ejemplar sabiendo que no sería fácil encontrarlo en esos descampados, tendría que haberlo comprado en Mar del Plata o haberle pedido a Lucas que me lo trajera de Buenos Aires. Pero en ese momento mi novela estaba intacta, sólida en el disco, en una pila de papel y tenía copias en el baúl y abajo del asiento, cómo iba a imaginar lo que pasaría después. Temía, sí, que me robaran el auto y por eso hice como los paisanos del sur que en invierno cavan pozos para enterrar la comida por si acaso se les viene encima una tormenta de nieve.

Para reconstruir mi relato voy tomándolo de la memoria. Veo el comienzo y me parece que poco a poco recupero el final que había escrito en el capó del Torino. Sólo que entre uno y otro los capítulos pierden su orden inicial, no sé si esto iba antes o donde lo pongo ahora. Es el momento en que Carballo se sienta en una banqueta enorme que debe ser del sereno y empieza a repartir la mercadería a sus clientes. Adopta un aire importante y de vez en cuando me alienta con voz cordial para que vaya a escribir a una mesa limpia y bien iluminada con vista a la calle.

No sé por qué le hice caso: compré un cuaderno y dos lapiceras Pilot de punta fina y me puse a trabajar. Lentamente me fui acostumbrando al trazo, recuperaba esa sensualidad que se despierta al contacto del papel suave y cuadriculado, un cosquilleo que hacía tiempo no sentía. Debe haber sido eso lo que me hizo pasar varias horas sin levantar la cabeza, sin advertir que se hacía de noche y cuando por fin me tomé un respiro me encontré con la mirada respetuosa, casi admirativa de Carballo que me esperaba con una valija en la mano. No había querido molestarme, me dijo después, me veía y se imaginaba que tenía una tormenta en la cabeza, que por eso me tiraba tiros, para que los arcángeles de la creación se apartaran y me dejaran un rato tranquilo. Usó esa figura, "arcángeles", bella y misteriosa, que según él guiaba la mano del artista. La palabra "artista" me conquistó para siempre; podía pedirme que durmiera delante de su puerta o que le subiera el baúl cinco pisos, yo lo hubiera hecho gustoso. Que un comisionista me alentara a trabajar y me hablara de arcángeles y artistas me resultaba irresistible. Comprendí que al menos me quedaba el orgullo del desposeído, una pizca de amor propio que el gordo acariciaba sin burlarse ni pedir nada a cambio.

—No le aseguro que vaya a leer el libro —me dijo—, pero si no se ofende le voy a dar un consejo: cuando lo agarre el temporal, grite. Pida auxilio, que la gente es mejor de lo que usted cree.

—No estoy tan seguro.

—Ya va a ver. ¿Qué le parece si rumbeamos al Paraíso? Serán veinte minutos caminando.

—Podemos ir en taxi si quiere.

Por su mirada me di cuenta de que acababa de decir una tontería. Me eché el bolso al hombro y le hice un gesto para que pasara adelante. Me dijo que en el hotel le iban a guardar el baúl y no me atreví a preguntar más de miedo a decir otra macana.

—Ustedes los poetas se mueren de hambre, ¿no? —preguntó al cruzar la vía, a un par de kilómetros del galpón donde estaban los trenes.

—Yo no soy poeta, le aviso.

—Igual, yo lo miraba darle a la lapicera y pensaba "pobre tipo, capaz que la mamá quería que fuera ingeniero". A mí, mi mamá me mandaba a estudiar, pero los libros no me entraban. Por más esfuerzo que hacía no aprendía nada… La regla del tres, ¿la conoce?

—De oídas.

—Bueno, ni eso.

—Pero tiene una buena situación. Se gana bien la vida…

—No me puedo quejar. La gente de estos pueblos se muere porque les traiga alguna chuchería importada, un televisor, una casetera que es lo que más sale. Todos se volvieron expertos en marcas y modelos, por eso tengo que anotar bien porque si no hay que devolver la plata.

—¿Y donde está el negocio?

—Les cobro un porcentaje del quince por ciento, veinte a veces. Depende. Diga que hay mucha competencia.

—¿Me conseguiría algo si se lo pido?

—Lo que guste. Para usted es gratis.

—Un libro que me está faltando.

—Me lo anota en un papel: título, autor, editorial, tapa dura o económica; ponga todo.

—Le agradezco. Tuve un tiroteo y lo perdí…

Se detuvo, me miró como avisándome que no me creía ni una palabra y dijo:

—Mire, no lo tome a mal, no es que no me interese lo suyo, pero va a ser mejor que sea yo el que le cuente así tiene tema para el libro, ¿no le parece?

—Está bien. Cuénteme: ¿Qué es el Paraíso?

Se llevó un dedo a los labios y me pidió silencio. Me contó una historia de platos voladores, marcianos a caballo y muertos vivientes que le habían referido en una estancia de Balcarce.

En terreno poceado caminaba a los saltos, revoleaba la pierna, trastabillaba, arrastraba la valija y pisaba en cualquier parte, hubiera bosta o margaritas. Quería demostrarme que podía y que también él sabía historias. Pasaba de una narración a otra, mezclaba a Landriscina con *Don Segundo Sombra,* se sabía enteros los consejos del Viejo Vizcacha y nombraba a Borges como autor del *Martín Fierro.* No decía que los había conocido, pero los ponía en todas partes como si los sentara a la mesa. Me contó que un día su padre salió a comprar la carne para el asado y no volvió más, pero que no lo lamentaba porque así, librado a su suerte, había aprendido más pronto las cosas esenciales de la vida. Nunca decía una mala palabra, su relato era cordial y tenue como una charla de fogón.

Anduvimos más de una hora hasta que divisamos un bosquecito raquítico y después una casa que parecía un almacén abandonado. Carballo apuró el paso y empezó a gritar el nombre de Flora o Florencia, no le entendí bien. Rodeó la casa chillando como un gato en celo hasta que las luces empezaron a prenderse y de adentro salieron los primeros compases del *Danubio azul*, a no ser que fuera el *Vals del emperador*. En todo caso era Strauss y en unos segundos ese bosque tristón se iluminó y tuve la impresión de que lo esperaban con un banquete, como si hubiera ganado el Nobel o la corona de los pesados.

27

La tal Florencia y dos chicas más salieron a saludarlo y darle besos y atrás vinieron otras cuatro o cinco que nos abrazaron y nos dejaron las caras todas pintadas. El gordo me presentó como "el amigo escritor", abrió la valija y empezó a repartirles huevos Kinder y osos de peluche a todas. Al principio me dio vergüenza ajena. Me sentía protagonista involuntario de algo que no había buscado. Carballo se dio cuenta y me presentó tres o cuatro veces seguidas a las mismas chicas de las que sólo se me grabó el nombre de una tal Isabel, que parecía salida de un cuento de Maupassant. Les contó que yo estaba escribiendo una gran novela con historias que él me contaba, pero como eso no las impresionó demasiado, al dar mi nombre por última vez agregó que yo era el que hacía las tiras de la tele, les nombró algunas que pasaban a la tarde, y entonces sí se interesaron. Florencia nos hizo pasar y mientras las otras servían Coca-Cola y clericó, Isabel me preguntó si Sofía Serena iba a conseguir que su amante volviera y la salvara del martirio al que la sometía el marido.

Al principio no supe de qué hablaba pero el gordo me hizo una seña en dirección al televisor y me puse a inventarle una esperanza a aquella mujer. Hablamos y discutimos con vehemencia sobre cómo debía seguir la historia. Uno de los finales que conté las indignó a todas y tuve que jurar que todavía estaba a tiempo de cambiarlo para que se apaciguaran. A medida que yo improvisaba, Carballo me iba soplando qué actores y actrices trabajaban, dónde pasaba y cómo era la trama, de manera que avancé con cautela y durante la comida entre todos le dimos forma. También el gordo quería mi final feliz, un epílogo en el que los personajes se daban un beso apasionado y se iban de luna de miel. Acordamos que al día siguiente me quedaría a trabajar en los cambios. La noche se fue alargando, abrimos los Kinder para ver qué nos tocaba a cada uno y las chicas se cambiaron entre ellas los que tenían repetidos. Me pareció que era un juego que jugaban desde hacía mucho tiempo, que los unía y celebraba una vieja amistad. A mí me salió un Bentley de los años veinte que el gordo se quedó mirando con envidia hasta que se lo di y lo puso sobre la torta de chocolate que trajeron a la hora del café. Nos reíamos como tontos de todos los chistes y sin planearlo, sin que nadie lo propusiera, nos fuimos a acostar repartidos al azar.

El gordo se fue con Florencia y con una morocha muy linda a la que llamaba Claudina y las otras durmieron conmigo. Al comienzo todos estábamos medio intimidados, no recordábamos los nombres con los que nos habíamos presentado, pero después todo fue muy tierno y divertido. Traté de no hacer preguntas por temor a que todo se arruinara; hacía mucho que no estaba con una chica, pero igual no pude con las tres. No tenía la fuerza ni el entusiasmo de Carballo que gritaba y aplaudía en la pieza vecina. Tampoco me pidieron nada. Estaban ahí, pasaban un buen rato conmigo o entre ellas y sólo me reclamaban historias. Por lo que pude intuir, estaban a la espera de algo grande, paraban ahí hasta que vinieran a buscarlas para convertirlas en reinas. Isabel mencionó a un tipo que manejaba una agencia de modelos. Las llevaba a lugares lujosos, les mostraba pasarelas, les sacaba fotos más o menos indecentes y les prometía que iban a salir en la televisión al lado de los cómicos y las vedetes. Así se empezaba, me dijo y parecía feliz o a punto de serlo.

Al día siguiente me prepararon todo para que me encerrara a trabajar y al enterarme que Isabel iría hasta el pueblo a buscar provisiones le pedí que me llevara a comprar unos libros. Necesitaba encontrar una historia de amor, algo que no las decepcionara. No sabía si iba a quedarme, pero me habían tratado bien y daban lo que tenían sin que sonara a compraventa. Isabel me llevó en un Fiat que tenía el asiento hundido y ni se mosqueó cuando le conté el incendio del bosque. Era como hablarle del barómetro de Pascal o de la fusión atómica. No me creía o no lo tenía registrado; no existía para ella. Tenía unos lindos ojos color turquesa y de tanto en tanto se llevaba la mano a la frente en busca de un mechón imaginario, y lo echaba hacia atrás, lo acomodaba, lo acariciaba. Era alta, pero al caminar su gracia se volvía melancólica y eso me hizo pensar que el tipo de la agencia les estaba haciendo el cuento.

Fuimos a hacer compras al mercado, sacó un video de Sharon Stone y me acompañó a una papelería donde tenían algunos libros. Me miró con curiosidad mientras hojeaba, distraída, una revista. Cada vez me gustaba más, me atraía su manera suave y lenta de moverse, el rubor con que miraba las cosas sin preocuparse de cómo podían afectarla. Compré un *Quijote* de bolsillo para ir leyéndolo despacio y el primer volumen de *Anna Karenina* para contarles por las noches. En la vereda no pude contenerme, le pasé el brazo sobre los hombros y la besé en la mejilla. Vaya a saber por qué, ese instante me pareció más íntimo y fuerte que los forcejeos de la noche anterior. Isabel me miró desconcertada y sonrió pero no permitió que me acercara de nuevo. Me dijo que tenía que echar una carta en el correo, que podía acompañarla a ver las nuevas estampillas que habían salido, cosa que me pareció buena idea porque tenía que llamar a Marcelo Goya. Me incomodaba hablar con él, pero no me quedaba más remedio porque la policía tenía su nombre y su número de teléfono. Isabel pidió ver una plancha de estampillas y para desalentarla la empleada le dijo que iba a tener que esperar más de media hora porque estaban guardadas en el escritorio del jefe que había salido. Isabel la fulminó con la mirada y le contestó que estaba dispuesta a esperar hasta que llovieran ranas y renacuajos. Yo fui a la cabina y llamé a Buenos Aires.

Me atendió Cristina, la secretaria. Al oír que era yo se puso nerviosa y me pareció que antes de hablar le susurraba mi nombre a alguien que estaba con ella.

—¿Dónde estás? Marcelo te está buscando por todos lados. Parece que tu papá apareció en Los Toldos…

—¿Cómo está? ¿Qué más te dijeron?

—Va en un coche no sé con quién. Pasaron una barrera de la caminera y se escaparon.

—¿Quién te avisó?

—La policía. Anotá el número.

No me fue fácil comunicarme con la comisaría de Los Toldos. Marcaba el prefijo y se cortaba enseguida. Pensé que Isabel estaría impaciente y me asomé a pedirle que esperara un minuto. Me contestó bien alto, para que la escuchara la empleada que no se iría de allí sin ver las estampillas aunque tuviera que ir a buscar al jefe y sacarlo de la cama.

Insistí. Disqué una y otra vez hasta que me contesto un oficial de guardia. Le expliqué de qué se trataba y como en ese lugar no pasaba gran cosa se acordaba muy bien. Me dijo que mi padre había herido a uno de sus hombres con un cuchillo de cirujano, que parecía un perro rabioso y que lo habían dejado escapar para no tener que dispararle por la espalda. Pensaban atraparlo cuando pasara por Carhué, pero también ahí había burlado el cerco. Me pasó con el suboficial herido y éste me dijo que mi padre tenía un pedido de captura de Mar del Plata por incendio de bosques y otras depredaciones, pero para su sorpresa aceptó con gallardía que la mayor depredación es la vida misma. Esa piadosa filosofía, me dijo, le había costado un tajo bastante profundo que lo tenía confinado en una oficina. Mi padre le había hecho una reflexión parecida y por no palparlo de armas se encontró con un cuchillo clavado en el brazo.

El suboficial me contó que era poeta en los ratos perdidos y conocía el libro que yo había publicado por un preso que lo había dejado en el calabozo al salir en libertad. Me emocionó oír a un policía de provincia herido por mi padre y lector de mis libros. Me preguntó si estaba escribiendo otro y tuvimos una conversación sobre la poesía y los jóvenes minimalistas que se costeaban hasta Los Toldos para presentar sus libros. Hablamos de cosas convencionales, de tonterías que me permitieron saber algo más de mi padre. Todavía andaba con la ropa del roquero, iba en estado lastimoso, acompañado por un corredor de videos pornográficos que lo llevaba en su auto. Agregó que lo sentía mucho, que me tendría al tanto y me mostraría sus poemas si pasaba por Los Toldos.

Traté de recuperar algunas fichas, pero el teléfono hizo un ruido extraño y se las tragó a todas. El problema era que me quedaba muy poca plata y después de la pe-

176

lea con Marcelo Goya no tenía a quién recurrir. Podía llamarlo a Lucas, pero iba a ponerlo en un compromiso y no podría sacarle más de doscientos o trescientos pesos.

Isabel había conseguido que le dieran una plancha con las muestras de estampillas. Algunas eran muy bonitas, con flores, animales y paisajes. También había una serie dedicada a los escritores y me dije que debía ser desolador para Borges estar muerto y viajar por el mundo pegado a un sobre con la cara entintada. Isabel se compró unas cuantas con pájaros del norte y despachó una carta que cerró ahí mismo, mojando la goma con la lengua.

A la salida había un puesto de flores y le compré unos claveles que aceptó con una sonrisa tímida y un comentario amable pero nada alentador. Fuimos a buscar el coche, le hizo poner nafta y arrancó por la ruta en dirección contraria al Paraíso.

Anduvimos veinte minutos y se detuvo a orillas de una laguna por la que revoloteaban patos y gallaretas. No era un lugar muy romántico, pero seguramente no había otro mejor y bajó a caminar sin esperar a que la acompañara. Usaba el mismo vaquero roto que las otras chicas y un chaleco de lana con las iniciales bordadas. La seguí con la mirada, vi que removía la tierra con un palo y sacaba una caja con una muñeca de morondanga. Una bebota de las que venden en las jugueterías de barrio. La estuvo arrullando, se paseó con ella y antes de guardarla la peinó y le pintó los labios. Yo me había disimulado ente unos árboles, buscaba hongos y como no quería que me tomara por un mirón recogí unos cuantos que crecían cerca de los troncos. Hice un atado con la campera y volví al coche silbando una melodía que me rondaba en la cabeza. Era todo muy bucólico, muy silvestre, muy *promenade* de Rousseau; resultaba absurdo y pretencioso: yo era un infeliz con una historia perdida y ella una pizpireta de organdí.

Me eché en el asiento del coche con la mirada perdida. Parecía el último de los imbéciles con un paquete de hongos en las manos. Los dejé en el asiento de atrás, abrí al azar el libro que acababa de comprar y escuché que Tolstoi rugía, reía, blasfemaba; eran más ciertos sus bosques que los míos, más lejanos y serenos. Me volví hacia Isabel y muerto de vergüenza le pedí perdón. A ella y a mí mismo. Había vivido sólo para construir mentiras, disimulos, falsedades y lo único que podía alegar en mi favor era que había intentado ocultarme para no herir a los demás. Cómo me habría gustado que mi madre viniera a besarme la frente, que me apretara en sus brazos, que se hubiera quedado a mi lado.

Isabel se llevó la mano a la frente para apartar el mechón y me preguntó qué hacía en el Paraíso contando tonterías, por qué no volvía al canal a terminar la novela de la tarde. Le repetí que esos cuentos eran lo único digno que podía ofrecerle, que había sido con ella todo lo honesto que un hombre puede ser. Cierto, podía no creerme y tal vez tuviera razón, pero en ese caso no debía acusarme sólo a mí, le dije. También Carballo abusaba de su amistad, se abrigaba en su cama, comía en su mesa, las sobornaba con sus juguetes de pacotilla. Se puso a reír. "Esteban vive y hace vivir", me dijo. Por un instante odié la pierna seca, el baúl enorme, la corbata floreada. "Te lleva a ver el sol", agregó y al escucharla me sentí aludido. No porque ella me pusiera del lado de la sombra sino porque ese sol que llevaba el gordo empezaba a calentarme a mí también.

Isabel manejó despacio, en silencio, por el camino que llevaba al Paraíso y tuve la sensación de que nunca podría volver a tocarla.

28

Estuve varios días encerrado trabajando sin ver a Carballo ni a las mujeres más que a la hora de la comida. Dormía en un colchón que puse en el piso del garaje y el único encuentro a solas que tuve fue con una chica bajita y tímida que se llamaba Sandrina. Acababa de volver del Paraguay donde la habían presentado en una fiesta subida de tono. Fue todo lo que me dijo. Isabel faltó un fin de semana y el día que volvió parecía tener cien años. Así recluido pude reconstruir unas páginas sobre el intento de suicidio de Garro Peña y traté de introducir los primeros momentos de tristeza de Laura cuando toma conciencia de su fragilidad. También me di cuenta de la inutilidad de contarlo todo, de llenar un argumento. Una novela es como una tormenta en el océano, pasa y no deja huella.

Unos días después de mi salida con Isabel vino una camioneta del correo a dejar paquetes y cartas. Los paquetes eran para Carballo que se hacía mandar algunas comisiones menos urgentes y aprovechaba los viajes de las chicas al pueblo para entregarlas. Por las tardes golpeaba suavemente a mi puerta y preguntaba cómo iban las cosas. Yo le decía la verdad: no sabía si avanzaba o retrocedía; la historia que escribía en el cuaderno dialogaba con la del disco perdido, se fracturaba, se desperdigaba y me incorporaba a mí como un personaje más.

La noche que pasó el cartero hubo regalos para todos. El gordo había recibido montones de medias de seda italianas y se las repartió a las chicas con un beso y un piropo distinto a cada una. A mí se me apareció con *El corazón de las tinieblas,* lo que me hizo suponer que se había metido en el garaje a leer lo que estaba haciendo mientras me bañaba o en el tiempo que salía a estirar las piernas. Me alegró tener otra vez el libro conmigo y me puse a copiar una de las citas que mi padre había marcado antes de regalármelo. El gordo pensó que me estaba copiando como en el colegio y hasta que no terminé de explicarle, perdí todo el crédito que me había ganado en el bar del hotel. Discutía y no quería saber nada de excusas, se agarraba la cabeza, me decía que lo había decepcionado, que era una vergüenza y que se arrepentía de tenerme como amigo. Después de mucho pelear conseguí que le echara un vistazo a la página y aunque lo que leyó no pareció entusiasmarlo, acercó un cajón de sifones que había en un rincón y se sentó a que le explicara por qué hacía eso. Traté de comunicarle mi entusiasmo por el libro de Conrad, pero lo que le decía le entraba por una oreja y le salía por la otra. Sin embargo tenía buena voluntad, me escuchó con paciencia, deseoso de saber, como si le revelara la manera de ganar el Quini en sólo tres jugadas. Asentía y aunque a veces se mostraba en desacuerdo, pude recuperar algo de la confianza que al comienzo había puesto en mí.

—Es como con los trenes —le dije—, todos se parecen y no hay uno igual a otro.

—¿Entonces se anima? —me preguntó, sobresaltado.

—¿A qué?

—Hay un tipo que por unos pesos nos prende la caldera y podemos ir a dar una vuelta a la noche.

Lo miré fijo para ver si no me estaba cargando.

—Quinientos, me pidió.

—¿De qué me habla?

—Dice que nadie se entera, el gobierno no sabe cuántos trenes quedan ni dónde están. Parece que se los van a llevar a todos y hay que aprovechar ahora...

—¿Y quién va a manejar?

—Se aprende enseguida, usted arranca y la vía lo lleva. Vamos, anímese; dentro de un par de días voy a tener la plata y es el cumpleaños de Florencia.

—¿Florencia es su novia?

—Algo así, nos conocemos de chicos.

—¿Y a donde le gustaría ir?

—Constitución, Retiro, donde le parezca.

—Está loco.

—¿Por qué dejó solas a las chicas? Lo están extrañando.

—¿Sabe algo de Isabel?

—Una piba bárbara, la conozco desde que era así de chiquita.

—¿A ella también?

—Y sí. Qué pasa, ¿le gusta?

—Más que las otras sí.

—¿Eso es todo?

—Me parece que las están usando. ¿Usted conoce al tipo de la agencia?

—Ellas están contentas, ¿no? Se hacen ilusiones...

— Parece que sí. Demasiadas.

—Están felices y usted quiere que cambien. ¡Con razón se copia de un yanqui!

—Era un polaco que escribía en inglés.

—Fenómeno, el tipo arriesgaba algo. Cualquier infeliz saca un boleto de tren y se sienta en el pulman; la cuestión es manejarlo, cruzar el campo de noche con la luz prendida. Ya le dije al tipo que lo queremos con luz y que toque pito.

—Si avanzo en la novela en una de ésas lo acompaño.

—El tipo me preguntó por usted. Dice que tiene algo para darle.

—¿Cómo es?

—Un viejo alto, de pelo blanco.

—No joda, estuvo leyéndome el cuaderno.

—Va a pasar mañana a ver si agarramos viaje.

—¿Por qué no me lo dijo antes?

Se echó hacia atrás y me miró con curiosidad.

—Se lo iba a decir y usted empezó a contarme del polaco. Oiga, ¿qué pasa? ¿Metí la pata?

—Déjeme solo, vaya.

—Mire, le juro que el cuaderno estaba abierto. Lo levanté para cerrarlo, que no se corra la tinta, y bueno, me quedé leyendo unas paginitas.

Lo dijo y enseguida se dio cuenta de que había hablado de más.

—Disculpe —agregó—, ando con un dolor de muelas terrible y no sé lo que digo.

Metió la mano en el bolsillo, sacó un puñado de globos de colores que dejó sobre la mesa y se fue sin hacer más comentarios. Abrí la puerta de par en par y dejé que entrara el frío. Me sentía ridículo, avergonzado. Eran tantas las cosas que había resignado que no podía aceptar la idea del regreso de mi padre con alegría. En la novela que proponía Carballo, mi padre venía a morir cerca de mí, nos llevaba a dar una vuelta en el tren de su destino. Eso era lo que en la realidad siempre había querido y yo le negué. Ahora era una parte desgajada de mí, un tronco que se lleva la correntada. Siempre había sentido su mirada por encima del hombro y al enterarme que iba a morir me sentí tan dolido que apenas podía moverme, casi no podía levantarme a trabajar, aun si había pasado años sin verlo, sin saber qué hacía; andaba por ahí y eso me bastaba. Después creí que podía conjurar su muerte y hacer de ella un relato más. Pero eso era falso. Lo que en verdad sentía era el horror de perder el único apoyo que me quedaba, la sola persona que hubiera hecho cualquier cosa por mí.

Escuché pasos afuera, vi a Isabel que me miraba desde el marco del portón y se quedaba parada esperando que le dijera si podía entrar o tenía que seguir de largo. A otra altura de mi vida la hubiera mirado distinto, no habría buscado explicaciones, pero ahora no me sentía tan ecuánime. Pensé que al quedarme solo, al no tener más pasado ni futuro, me colocaría en una suerte de paréntesis en el que estaría disponible y abierto a lo que viniera. Pero me engañaba: en ese lugar no había más que soledad y dolor, una lacerante incertidumbre.

—¿Puedo? —dijo Isabel y vino a sentarse en el suelo, frente a mí, con los brazos cruzados cerrando el chaleco.

—¿Por qué estás triste? —preguntó, incómoda.

—No sé. No estoy triste.

—¿Querés que me vaya?

—No, me da lo mismo.

Asintió y me miró en busca de una explicación. Yo me quedé un rato callado, mirando el cuaderno. Sabía que del otro lado de las palabras está el más grande de los fracasos. Era eso lo que quería decirme mi padre al sostener que la ciencia era superior a la literatura. Un esfuerzo mensurable que hacían los hombres en procura de elevarse sobre su bestialidad. Creía que el progreso era continuo e infinito, pero se equivocaba de medio a medio. Era Beethoven y no Pascal quien se había acercado más al sol. Kafka y no Oppenheimer. Pero, ¿le importaba todo eso a mi padre en su última hora? ¿De qué nos servía a él y a mí si no teníamos fe en nada que pudiera redimirnos?

—Me da pena verte así —dijo Isabel.

Estaba por burlarme de ella pero me vino a la mente el consejo de Carballo. Me tapé la boca con un brazo y grité hasta desahogarme. No debe haber sido lindo de ver. Isabel vino a abrazarme, a dejar que llorara contra su mejilla. Un desconocido llega a tu puerta, duerme en tu cama y de golpe se pone a aullar como un animal. Supuse que eso pensaría ella, pero me dejé hacer. Nos abrazamos como luchadores, forcejeamos, y todo el tiempo me estuvo diciendo cosas tontas que me reconfortaban. No me gustaba estar a merced de su compasión, pero en ese momento era la única persona en el mundo a quien podía pedirle socorro.

Me dijo que no hablara, que iba a quedarse a mi lado, traería algo de comer y me acompañaría con una botella de vino. Con eso solo me sentí menos abandonado. Arrimé el cajón de sifones, entré dos sillas del patio y le pregunté si me permitía leerle algunos pasajes del libro de Conrad que el gordo me había regalado. Me dijo que sí para darme el gusto, estaba acostumbrada a aguantar noches largas con tipos más aburridos que yo. ¿No era eso, acaso, lo que me ponía celoso? Leí en voz alta el tramo en que aparece la tremenda mujer a la orilla del río: "Era feroz y soberbia, de ojos salvajes y espléndidos: había algo siniestro y majestuoso en su lento paso… Y en la quietud que envolvió repentinamente toda aquella tierra doliente, la selva inmensa, el cuerpo colosal de la fecunda y misteriosa vida parecía mirarla, pensativo, como si contemplara la imagen de su propia alma tenebrosa y apasionada".

Me siguió con mucha atención, como si nunca en la vida le hubieran leído nada y el juego la entusiasmó o fingió que la entusiasmaba. Levantó el libro de Tolstoi que estaba en el suelo y me recitó unos pasajes que tomó al azar. Más adelante, sin decirle de qué se trataba ni que era mío, probé con un par de páginas de las que había escrito en esos días. Por la cara que puso me di cuenta de que el relato funcionaba; al tratar de reconstruir lo perdido utilizaba flecos, retazos de lo que había sido la historia y así era mejor. Dejé el cuaderno tratando de imaginar qué pasaría cuando pudiera unir las dos secuencias que el azar había separado. Para darme ánimo abrí el *Quijote* en la parte de los molinos de viento e Isabel se sorprendió de que eso fuera todo, tan chiquito y tan cómico. Sería medianoche cuando en otra parte de la casa apagaron las luces. Isabel se sentó en un rincón recostada contra la pared y me pidió permiso para leerme una carta. La escuché con tanta pena como ella me había escuchado a mí: eran acordes gastados, confesiones y anhelos que tardaban menos tiempo en diluirse que la carta en llegar. Me dijo que era de una amiga que estaba posando en una playa de Brasil. Me llamó la atención que no mencionara cuál, pero aquella chica estaba empezando a pensar que la vida pasaba como un río torrentoso y la abandonaba en la orilla. Más adelante decía que los hombres le importaban menos que el pañuelo con que se sonaba la nariz, que no podrían hacerle daño.

Isabel quiso saber qué opinaba y lo primero que me salió fue decirle que no era el más indicado para hablar porque ella me gustaba mucho. Era extraño, pero no recordaba su cuerpo y el hecho de ir conociéndonos nos alejaba, nos creaba una distancia afectuosa que me impedía tocarla de la misma manera que el primer día, cuando no sabía nada de ella. Me dio un beso en la mejilla, me hizo prometerle que me acostaría temprano y volvió a su habitación. Pensé que quizás había venido a acompañarme para no tener que acostarse con Carballo, pero no era así. Estaba ahí porque yo la necesitaba.

Fui a cerrar la puerta, junté los libros desparramados en el piso y al acostarme sentí que aplastaba un papel. Me incorporé pensando que se trataría de uno de mis apuntes, pero no. Era la carta que Isabel me había leído. Estaba muy arrugada, pero el sobre me resultaba inconfundible. Era el mismo que había despachado cuando estuvimos en el correo.

29

El narrador siempre procura esconderse. Por eso Isabel se mandaba cartas a sí misma, creaba distancia entre ella y el relato que la describía. Al llegar, el mensaje no era el mismo que había escrito sino otra cosa, más distante, que ya no le pertenecía. Lo que se decía a sí misma volvía a su oído con la novedad y el candor que le daba el tiempo transcurrido. Había olvidado la carta a propósito para que yo la leyera y me diera cuenta de que sus sentimientos eran igual de tristes y elevados que los míos.

Esa noche advertí que mi padre nunca había estado tan cerca de mí como en los momentos en que creí haberlo perdido. En ese tiempo pude escribir sobre él y sobre mí. Ahora llegaba la hora de enfrentarlo, de remontar el río y sacar a Kurtz de la selva. Poner el pecho a su horror, hacerme cargo y vivir con él, con lo que pudiera hacer de él. Así como mi padre venía hacia mí para encontrarse a sí mismo, Isabel iba hacia un inhóspito lugar en el que no existía la piedad. Tuve la sensación de que ella lo sabía y no se resignaba. Recordé, de pronto, que tenía el ombligo redondo y alerta como un ojo de avestruz. A su alrededor se podía construir una ciudad entera. Un vasto imperio de sueños y utopías. Colocar piedras lunares y atrapar estrellas perdidas, pero ni Carballo ni yo éramos material adecuado para levantar palacios de esperanza. Todo eso me daba vuelta en la cabeza y no me dejaba dormir. Me puse toda la ropa que tenía, me eché el bolso al hombro, guardé en el bolsillo los globos que me había dejado el gordo para llevármelos de recuerdo y salí a ver si el Fiat tenía la llave puesta.

Era una noche fresca, de luna llena. A lo lejos, a un costado del camino, vi la silueta de Isabel que fumaba en la oscuridad y se me aceleró el corazón. Pasé la cabeza por la ventanilla del coche y busqué en vano la llave. Me quedé quieto pensando si debía despertar a Carballo o largarme a caminar solo. Llegaría a Colonia Vela a la hora en que pasan los ómnibus y tendría todo el día para recorrer las rutas en busca de mi árbol quemado. Me senté en el suelo junto al coche para que Isabel no pudiera verme. No tenía ganas de hablar con nadie y menos de despedirme. ¿Qué iba a decirle? Ya la llevaba conmigo, ya tenía algo suyo, un poco de su piedad y el ojo de avestruz donde edificar mi mundo tambaleante. Abrí el cuaderno en la oscuridad y anoté una nueva derrota. Era un instante que ya había vivido y desfilaba otra vez ante mis ojos. Ella ahí, con una valija, un tapado largo, y el tiempo que parecía en suspenso. A lo lejos resplandecieron las luces de un coche que se acercaba sin alterar el silencio. Saqué los globos y los fui inflando uno por uno bien grandes, hasta que quedaron a punto de estallar. Les hacía un nudo y los lanzaba para que rodaran hacia ella llevados por la brisa.

El coche se detuvo y un tipo bajó a guardar la valija en el baúl. Isabel volvió la cabeza para echar una mirada al Paraíso y al ver los globos que llegaban a los saltos se agachó y levantó uno que le explotó en las manos. El tipo se sobresaltó y corrió a mirar las ruedas de adelante.

Ella se echó a reír y se tiró en el asiento. Nunca más volví a verla. Mientras las luces del auto se alejaban me puse a garabatear un mensaje para el gordo. Arranqué la hoja del cuaderno y la puse en el parabrisas del Fiat. También yo miré la casa por última vez y me fui caminando por el campo.

Anduve un cuarto de hora por la misma recta que habíamos tomado al llegar pero después me perdí porque todo el paisaje era igual. Tuve que avanzar bastante para encontrar un camino de tierra y me senté junto a un arroyo seco a pitar un cigarrillo. Me dolían los músculos y las zapatillas empezaban a sacarme ampollas en los pies. El zumbido estaba ahí, haciendo su rutina, y lo mejor era no pensar en él. La noche pasaba, liviana y espléndida y pronto vería el amanecer.

Tiempo atrás, al revolver en los archivos de los años cincuenta, encontré muchas fotos de mi madre posando y otras que le sacaron con Bill Hataway, sobre todo las de aquella maratón de baile. Estaban también las que le tomaron cuando fue al entierro de Evita y otras frente al micrófono de Radio El Mundo. En cambio encontré muy pocas que se hubiera sacado por gusto. Una de ellas me llamó la atención, una instantánea en muy mal estado, con la torre Eiffel de fondo. No tengo noticias de que hubiera estado nunca en París, nadie me lo comentó ni hizo la menor referencia, pero la foto estaba allí. Al dorso, de su propia mano y con tinta, había escrito "Champ de Mars, octubre de 19…" y los números estaban borroneados. Tan desvaída era la foto que no pude mejorarla ni siquiera en el Macintosh. Me aparecía una mancha borrosa, insípida y la única manera de volverla comprensible hubiera sido trucarla, ponerle otra cara, otro paisaje. Imaginaba al fotógrafo de San Isidro, inclinado sobre el retrato de Gardel, retocando el entorno, sacando a los amigos y poniendo a otros que ni siquiera lo conocieron. Aquel tipo me dijo que a mi madre la llamaban La Tanita y también ese apodo era un misterio imposible de resolver. La foto de París me intrigaba. ¿Era de los tiempos en que salía con Garro Peña? ¿O de cuando Bill asaltó el banco y se volvió a Arizona? Si todavía noviaba con el negro es probable que él la acompañara, pero no hay ningún indicio de que haya sido así. Busqué en las revistas de básquet para ver si entre fines de los años cuarenta y comienzos de los cincuenta el Sportivo Palermo había estado en Europa, pero no encontré nada. Tampoco figuraba un viaje de Bill Hataway. Entonces, si Laura nunca estuvo en París, ¿por qué la torre Eiffel de fondo? ¿Por qué hizo esa anotación al dorso de la foto? Durante un tiempo pensé que sería una broma, o una impostura para darse corte, pero no quedé del todo convencido. Más tarde, al toparme con una publicidad que hizo para el trasatlántico *Conte Biancamano*, me dije que podía ser verdad, que tal vez había estado en Francia. ¿Pero con quién? Lo que me importaba no era el viaje sino saber quién la acompañaba. ¿Acaso iba sola? ¿Lo dejó plantado a Bill y se fue con otro? ¿Quiso consolarse de la partida del negro? ¿Huía de lo que le ofrecía mi padre? También me hice la fantasía de una viajera hermosa y sola que va de incógnito a probar suerte en París. Hubiera sido una linda historia, pero no resulta verosímil. Eran quince días de mar, las mujeres iban con mucamas y secretarias para protegerse de los chismes y Laura era demasiado conocida para andar sola, no podía exponerse a las habladurías. A no ser que pusiera distancia, hiciera el intento de escapar al destino que ahora esperaba a Isabel. ¿pero qué forma tenía en su mente ese peligro que yo presiento sin poder definirlo? Estoy seguro de que era feliz con Bill, al menos todo lo dichosa que podía ser una chica que venía de abajo, de la nada y de pronto se encontró con su cuerpo expuesto en todas las esquinas de la ciudad. Un cuerpo esbelto, sensual, y una cara radiante con los labios entreabiertos. Es posible que no tuviera talento para otra cosa, que no pudiera llegar más lejos de lo que le permitiera lo efímero de la juventud; pero entonces, ¿qué hacía en París? ¿Eso fue antes o después de que la muerte de Evita la sorprendiera en un cine? El relato de mi padre decía que estaban mirando *La ciudad desnuda,* con Richard Widmarck, y de pronto la película se cortó y las luces se encendieron. El dueño de la sala apareció en el escenario cabizbajo, sollozando, y se dirigió al público diciendo que por la radio acababan de informar que la Jefa espiritual de la Nación había muerto. Dijo que la función quedaba suspendida por tiempo indeterminado y que si por él fuera cerraría el cine para siempre. Y enseguida Laura se puso a llorar igual que casi todo el mundo en la sala. En todas partes la gente humilde manifestaba su dolor y otros cerraban las ventanas para brindar con champán por el pesar del General. Ésa es historia conocida. Alguien escribió en una pared del Barrio Norte: "Viva el cáncer". Tanto era el odio, tanto el recelo, que años después una conjura militar derrotó a Perón y secuestró el cadáver de Evita para sacarlo del país. Fue entonces que mi padre supo que nunca podría terminar su ciudad de cristal y al doctor Ching le saquearon el consultorio de la Recoleta. Al poco tiempo mi madre se fue con el bodeguero de Mendoza y destruyó todas las fotos que encontró, seguramente también las de París. Hizo las valijas bañada en lágrimas porque se separaba de mí, pero no dijo nada contra mi padre. Ya le era indiferente. Recuerdo, o creo recordar, haberle oído decir que volvería a buscarme. Pero nada de eso puede servirme para la novela porque no tiene principio ni final, no presagia un desenlace como el que me exigían las chicas del Paraíso.

De pronto escuché al gordo que venía por el campo a los gritos, tomándose la cara con las manos. Parecía un saltamontes con un piyama amarillo y los zapatos sin atar.

—¡Eh, che escritor, espere! —gritaba y fue a detenerse jadeando al otro lado del alambrado—. ¡Acompáñame al dentista que no doy más!

Parecía salido de un dibujo animado con el pañuelo de seda alrededor de la cara y un cubito de hielo entre los dientes.

Me había llamado artista y decía que me guiaban los arcángeles. ¿Cómo podía dejarlo solo?

30

Tuve que ayudarlo a pasar entre los alambres porque el piyama se le había enganchado en las púas y temí que se lastimara. Me lo agradeció con unas palmadas y me pidió el encendedor para ir a buscar un zapato extraviado entre los yuyos. Se había largado en piyama, sin ningún abrigo, como si lo persiguiera un fantasma. Estaba lleno de abrojos y sin el zapato ortopédico apenas podía moverse. Me pregunté cómo podía tener una visión tan optimista del mundo y me dije que sería porque vivía rodeado de mujeres que lo mimaban y jugaban con él como si fuera un bebé. Pero no era ningún tonto: debía tener un coraje a toda prueba para andar por esos pueblos ganándose la vida con el baúl a cuestas y encima despertarse jovial y contento.

—¿Sabe qué? —me dijo con la voz deformada, apoyándose el puño contra la mandíbula—. Isabel lo espera mañana en Buenos Aires, en el desfile del Sheraton. Me encargó que se lo dijera.

—¿Tiene un desfile de modas?

—De todo un poco, usted sabe cómo es esto. A veces hay que mirar para otro lado. Con la falta de trabajo que hay…

—¿Usted viene muy seguido por acá?

—Cada vez que puedo les hago una visita. Yo tengo amigos en todos lados.

—Le agradezco que me haya invitado.

—No, no me agradezca… Usted es un escritor desperdiciado, ni bien lo vi me di cuenta.

—Tendríamos que ir al dentista ¿no?

—Y sí, pero dígale que no me la saque, que es la muela de la suerte.

Me pasó un puñado de sobres con figuritas que sacó del bolsillo del piyama y me dijo que era un regalo para resarcirme por el mal momento que me estaba haciendo pasar. Gimoteó un poco esperando a que abriera los sobrecitos y me dijo que a la mañana tenía que ir hasta Madariaga a levantar unos pedidos. Ese verano pensaba pasar por Necochea para poder ir al mar y aprender a nadar. Anduvimos como media hora por el medio del camino, fui sosteniéndolo hasta que se me metió una tachuela en la zapatilla y tuvimos que parar a tomar resuello. El gordo se echó en el pasto y estuvo mirando largamente las estrellas, mordiendo ramitas y quejándose.

—Oiga, no estará ofendido conmigo, ¿no? Discúlpeme si dije alguna pavada… Usted sabe que los comisionistas somos medio brutos…

Acercó la llama del encendedor a las figuritas para mirarlas una por una, me pasó las repetidas y me hizo un gesto para que le mostrara las mías.

—¡El Capitán Tormenta! Ésa guárdela bien que es de las más difíciles —dijo e insistió para que la guardara en el bolsillo de la campera—. Al Capitán Tormenta y John Lennon no los tiene nadie, los puede cambiar por lo que se le dé la gana.

—¿No tiene frío?

—Y... frío hace, sí, pero lo que me tiene mal es la muela. Creo que tiene razón, ¿qué le parece si pasamos por el pueblo y veo a un dentista?

—¿Piensa ir así? —dije señalando el piyama.

—Caramba... con el apuro no me di cuenta.

—¿Está seguro de que no lo echaron?

—No, cómo me van a echar si siempre están esperando que vuelva.

—¿Le parece que las chicas nos prestarán el Fiat para ir al dentista?

—No, olvídelo, el coche no se lo prestan a nadie. Pídales cualquier cosa menos el coche.

—Bueno, vamos caminando —le dije y como lo veía a punto de llorar intenté distraerlo con su propio cuento.

—¿En serio le gustaría manejar el tren?

Se quedó duro como si le propusiera una excursión a la luna.

—¿Lo dice en serio?

—Después que le arreglen la muela lo alquilamos por todo el día.

—¡Por todo el día...! ¡Muestre la plata, a ver!

Saqué los billetes que me quedaban y aunque la oscuridad no permitía saber cuánto había, igual se creyó todo.

—Llevamos a las chicas ¿no? —me preguntó.

—Claro, y vamos al Sheraton a ver a Isabel.

—Así me gusta, que se tenga confianza. Un escritor triste se puede malograr, yo sé lo que le digo.

—Antes me dijo que era un desperdiciado.

—Es que la muela me está volviendo loco. Es como si me metieran un clavo al rojo... Mire, hágame una gauchada: la llave del coche está colgada en la puerta de la cocina. Yo, para decirle la verdad, no sé manejar, si no ya me las hubiera arreglado solo. ¿No se anima a robárselo por una horita?

—¿Robarlo?

—Prestado, qué sé yo.

Se le estaba terminando el cubito y el pueblo quedaba a cinco kilómetros. Le dije que me esperara, que no se moviera de ahí y rehíce el camino lo más rápido que pude. La casa seguía a oscuras y la puerta estaba cerrada. Si despertaba a las mujeres y no me prestaban el auto Carballo podía morirse sin ver a un dentista. Estaba convencido de que había pasado algo, que se había peleado con Florencia o hecho algo indebido y lo habrían echado a patadas de la casa.

Dejé el bolso cerca del Fiat y sin pensarlo más decidí entrar por la claraboya del baño igual que un ladrón. Fui al garaje a buscar la escalera, la coloqué lejos de donde dormían Florencia y las otras y subí al techo. Corría una brisa fría y pude ver el cielo en todo su esplendor. Me sentía extrañamente contento de ayudar a Carballo que me había llamado "escritor desperdiciado". Creo que no había podido tolerar que copiara un párrafo de otro libro. Para él eso era como copiarse los deberes y hacer trampa.

Me deslicé por la claraboya y pensé que si al saltar no conseguía esquivar la bañadera me iba a romper los huesos y despertaría a toda la casa. A medida que me dejaba caer me sorprendía mi propia destreza después de tantos años sin moverme. Dejé que las piernas colgaran hasta tocar la roseta de la ducha, empecé a balancearme, apunté las zapatillas hacia el lugar donde estaba la rejilla y me largué con las rodillas dobladas para amortiguar el impacto. Hice un ruido blando, como un pajarraco que choca contra la ventana y me quedé quieto tratando de recuperar el silencio. Escuché una voz que hablaba en sueños y nada más; entorné la puerta y atravesé un dormitorio en puntas de pie. Era el mismo en el que había estado con Isabel, ahí les había narrado historias descabelladas para no desilusionarlas, para que siguieran creyendo que era el de la televisión. A llegar a la cocina me topé con el gato que se desperezaba sobre la mesa. Le acerqué una mano, esperé a que me husmeara los dedos y le acaricié el lomo. No recordaba haber visto ningún perro, pero por las dudas miré hacia todos los rincones. Tal como me había dicho Carballo, la llave del Fiat colgaba de la puerta. No tenía más que agarrarla y salir. Pero enseguida vi que no iba a ser tan fácil: la mirada del gato se desvió hacia un punto detrás de mí y de pronto se prendió la luz. Me di vuelta despacio, esperando un golpe o un tiro y vi que Florencia se me acercaba. Estaba perdido y sólo atiné a extender un brazo para que no se me viniera encima y me saltara a la cara. Tenía una sonrisa angelical y en la mano sostenía un tenedor con la punta para adelante. Me aplasté contra la pared mientras el gato saltaba de la mesa; alcancé a manotear una olla para tirársela a la cara y recién ahí caí en la cuenta de que estaba totalmente dormida.

Caminaba sonámbula y dichosa como una marmota; se desplazaba a ciegas por el lugar, abría la heladera y sacaba una torta, la dejaba sobre la mesa y buscaba el dulce de leche. Me deslicé hacia la puerta, le di las dos vueltas de llave, tomé la del Fiat y salí corriendo como alma que lleva el diablo. Me escondí detrás de una hilera de malvones y respiré hondo hasta recuperar la calma. Esperé que volviera a acostarse para arrancar el coche y perderme en la negrura de la noche. Pasó más de un cuarto de hora hasta que terminó de comer y apagó la luz. Entonces levanté el bolso y sentí que el zumbido de la oreja crecía, se hacía chillido histérico, me recorría las venas y me nublaba los ojos. Quizá me haya desvanecido por unos instantes, no sé; al retomar conciencia me encontré tirado en el suelo a unos metros del Fiat y empezaba a amanecer. Tardó una eternidad en arrancar y aunque el motor rateaba y tosía me alejé por el camino hacia donde estaba Carballo. Lo divisé a la distancia, temblando de frío con su piyama amarillo patito. Ni siquiera me había dado cuenta de ofrecerle mi pulóver, tal vez por eso me hacía señas como si tuviera miedo de que siguiera de largo. Cada vez que bajaba el acelerador, el auto se paraba y tenía que volver a darle arranque. Carballo subió agarrándose la mandíbula, con lágrimas en los ojos y me gritó que por Dios y la Virgen bendita lo llevara al dentista o lo matara como a un perro.

31

Entré al pueblo en dos ruedas, metí segunda para encarar por la avenida desierta y busqué un hospital o algo parecido. Al llegar a la plaza, Carballo invocó la protección de su madre mientras me decía que era la primera vez que una muela le jugaba una mala pasada. No puteaba ni decía palabras groseras, simplemente temblaba y rezaba el Ave María. Estaba claro que puesto a elegir confiaba más en las mujeres. Tuve que dar varias vueltas hasta que un paisano que estaba atando los caballos al carro me dijo que dos cuadras más allá vivía el doctor Hadley Chase que atendía toda la zona. Frené frente a una casa donde vi una chapa, ayudé a bajar a Carballo y di varios golpes a la puerta sin reparar que había un timbre. El tipo debía tener el sueño tan pesado como Florencia y tuve que amenazar con tirar la puerta abajo para que una voz dormida me preguntara qué quería. Carballo le rogó que abriera, le prometió un castillo de oro y piedras preciosas y ya a punto de desmayarse me lanzó una mirada de angustia.

—Aguante que ya estamos —le dije y no bien se abrió la puerta lo empujé al dentista y le invadí la casa con el gordo a la rastra. Era un tipo de cuarenta y pico de años, sucio, con una resaca de varios días, que había estado durmiendo la mona. Ni siquiera se había tomado el trabajo de ponerse un piyama. Al otro lado del consultorio tenía una pieza con ropa y revistas desparramadas por el suelo y una cama deshecha. Sobre la mesa de luz había una botella de whisky barato en la que no quedaba más que un trago y al lado del torno, donde estaba el vaso de plástico, vi un cigarrillo que se había consumido solo.

—¿Usted es el único dentista acá? —le pregunté por las dudas.

—Odontólogo —me corrigió—. Hay otro pero no se lo recomiendo.

Carballo se dejó caer en la silla y pidió otra vez que hicieran algo o que lo mataran. De la otra pieza llegó la voz de una mujer que gritaba:

—¡Marinelli, andá que ya abrieron!

Tenía un acento extranjero, el tono de alguien que se baja a pasear por el puerto y se le hace tarde para volver al barco.

—Póngale anestesia —dije—. Qué espera.

El tipo hizo como si no me hubiera oído.

—A ver, abra grande —le dijo a Carballo.

—¡Bernardo, el turco ya debe estar abierto!

—¡Dejame de hinchar las pelotas Graciela que tengo un paciente!

Tomó el espejito, lo deslizó sobre la lengua del gordo y se calzó unos anteojos a los que le faltaba una patilla.

—¿Cuál es? —preguntó.

Carballo no tenía la menor idea. Le dolía y eso era todo lo que sabía. Señaló el lado izquierdo, levantó los hombros y se agarró del brazo del otro. Ese simple gesto los hizo trastabillar a los dos. Alcancé a atajarlos antes de que se cayeran al suelo y le dije al dentista que le diera un calmante de una vez por todas.

—¿No ve que no puede más?

Al borde del desmayo el gordo asentía.

—Sí, pero después no sé cual es —dijo y sacó una jeringa toda mugrienta—. Hay gente que cree que es un chiste cuando el odontólogo saca una muela por otra.

Dejó escapar una risita sin gracia, apoyó la panza sudada contra la boca de Carballo y se inclinó a mirar.

—Carajo, es un cráter —dijo—. Póngase ahí.

Le señaló el sillón junto al torno y se alejó trastabillando hasta la mesa.

—¡Andá al almacén, Bernardo! —gritó la mujer y se asomó a ver qué pasaba.

—Dejame de hinchar las pelotas —repitió él—. Andá vos.

Me dio la impresión de que hacía años que estaban borrachos y encerrados y comprendí que me había equivocado, que el paisano me había señalado la cuadra de más arriba, donde debía tener el consultorio el otro dentista.

—Use una jeringa nueva —le dije—, ésa tiene veinte años.

—Sida tienen los maricones —me contestó y nos miró a los dos a ver si nos dábamos por aludidos. Carballo pegó un alarido y empezó a golpearse la cabeza contra la columna del torno que debía ser del tiempo de Rosas.

—Si quiere nueva vaya a comprarla —me dijo.

—Ahora está todo cerrado.

—¡Ejercicio ilegal de la medicina, Marinelli! —dijo Graciela que se había recostado en el marco de la puerta.

Tenía puesto un pulóver y unas medias de licra llenas de agujeros, pero seguía en combinación. Intuí que eran viejos amantes, que tenían una historia sórdida y vieja como el mundo, pero lo que me urgía era que Carballo se calmara y pudiera sonreír otra vez.

—Vaya que lo espero —insistió y señaló al gordo—: nadie se muere por eso.

No me aguanté más y lo agarré del cuello, lo empujé contra la mesa y le tiré una piña igual a la que me había dado el tipo de la editorial. Abrió unos ojos enormes y empezó a chillar como un animal acorralado. Entonces a Graciela le agarró un ataque de nervios y todos nos pusimos a gritar como en un conventillo.

Cerca, una voz chillona y grotesca empezó a cantar las primeras estrofas de la Marcha Peronista y el doctor Marinelli se puso todavía más nervioso.

—¡La puta que te parió! —dijo, y de un cachetazo tiró todo lo que había sobre la mesa—. ¡Hacelo callar, degenerada de mierda! ¡Volvete a Alemania, la puta que te parió!

De pronto todos nos callamos la boca. Al otro lado al de la marchita se le terminó la letra y lanzó un gruñido.

—Voy a sacar a Lopecito —dijo Graciela y volvió al dormitorio. No tendría más de treinta y cinco años y en el consulado debían estar preguntándose dónde se habría metido.

—Y bueno —me dijo el dentista—. Si es así se la voy a tener que sacar sin anestesia. Deme una mano.

Carballo sudaba a mares y estaba tan desgarbado que parecía un muñeco de carnaval. Entre los dos lo sentamos derecho y el tipo me pidió que le agarrara fuerte la cabeza.

—Guarda que a veces muerden —dijo y agarró una pinza grande como la de un plomero.

32

Se la sacó como quien arranca un clavo oxidado. Carballo dio tal salto y un grito tan lastimero que se me estrujó el corazón. Parecía que le hubiera sacado todas las muelas y el paladar también. Graciela trajo hielo en una ensaladera mugrienta y el doctor le dio el resto de whisky que quedaba en la botella. Para no verlo sufrir fui a echar un vistazo a la pieza donde vivían y me sorprendió encontrar una biblioteca y pilas de libros en el suelo. El resto era un caos de calzones, botellas vacías y puchos aplastados en cualquier parte. Al otro lado de la ventana, en el patio, había un mirlo enjaulado que al verme lanzó un gruñido y empezó a cantar otra vez la Marcha. No digo que hiciera nada del otro mundo pero las notas que conocía las entonaba con bastante entusiasmo.

El doctor Marinelli me llamó y me alcanzó una receta para que fuera a buscar antibióticos y calmantes. También me pidió que con lo que le debía de la consulta le trajera todo el whisky que pudiera, una botella de ron para Graciela y unos paquetes de fideos. Al regresar encontré al gordo acostado en la cama de ellos y me inquieté de verle la cara tan gris; sudaba y pedía a cada momento que le dieran agua. La alemana le trajo una jarra llena y un vaso, pero ya entrada la mañana se sintió morir y me pidió que le avisara a su mamá que no lo esperara a cenar. Le dije que lo haría enseguida, le di un Alidase de los fuertes y me quedé a su lado. Graciela salió a darle de comer al mirlo que llamaban Lopecito y el doctor se encerró en el consultorio. Estuve a punto de llamar a Florencia y llevarlo a la casa, pero me dije que era mejor esperar a que se pusiera bien. A veces, en su delirio manejaba el tren, discutía con amigos que yo no conocía y alguien le contaba cuentos que lo hacían retorcerse de risa.

—¿Por qué vinieron acá? —me preguntó Graciela—. ¿Quién los mandó?

Le conté que me había equivocado, que buscaba al doctor Hadley Chase del que me había hablado el paisano y ella hizo un gesto de desprecio al escuchar ese nombre.

—¿Y usted qué hace en este pueblo?

—Es largo de contar —dijo—. Me junté con este infeliz en Alemania cuando fue a hacer instrucción militar. Después a él se le acabó la guerra y la Alemania de donde yo era ya no existe más. Tenemos como dos toneladas de armas enterradas ahí en el patio.

—¿Y me lo dice así, sin saber quién soy?

—Qué, ¿va a ir a la policía? Le aviso que hubo amnistía.

—Sí, pero mejor no se lo ande diciendo a todo el mundo.

—Yo los conozco por la mirada. Si usted no fuera quien es no se lo habría contado. Qué hace con el lisiado, ¿lo saca a pasear?

—Es un comisionista que conocí en el ómnibus… ¿De veras no puede volver a Alemania?

—Ahora ni pensarlo… Era oficial del ejército, entrenaba a tipos como él, que venían del culo del mundo con el cuento de que estaban haciendo la revolución.

—¿Los entrenaba usted?

—Estuvimos preparando la ofensiva final y yo vine como supervisora. Nos tendieron una emboscada y liquidaron a casi toda la gente, así que corrimos hasta acá y como era un lugar tranquilo nos fuimos quedando. Después Marinelli rechazó una indemnización por haber estado preso, qué boludo. ¿Y usted a qué se dedica?

—Soy escritor o algo parecido.

—¿Y me sacaría de acá?

—Cómo.

—Me compra un vestido en la Recoleta, me cambia el nombre, me pone un negocio…

—¿Una librería?

—Sí, una librería —dudó unos instantes—. Una librería de arte en Pinamar no estaría mal.

—¿No es demasiado joven para regalarse?

—No sea idiota, todo eso sale carísimo.

—Disculpe, pero me temo que no está a mi alcance.

Se levantó para servirse una vaso de ron y fue a llevarle otro al dentista. Carballo dormía y roncaba fuerte. Pensé que ya era hora de llevárselo de vuelta a Florencia y traté de despertarlo sacudiéndolo de un brazo. Le había comprado unos juguetitos chinos en el quiosco y pensaba dárselos para que se entretuviera en el coche. Abrí la puerta del consultorio para pedirle ayuda al doctor Marinelli y al verme levantó la vista de un libro enorme y se quitó los anteojos.

—¿Sabe? —me dijo—, acá estoy viendo… Si me hubiera dejado ponerle la anestesia le salvaba la muela.

—No joda, si no tiene ni con qué hacer una radiografía.

—Eso no importa, le preparaba la pieza para ponerle un perno acá —señaló un dibujo en el libro—; después en Buenos Aires lo dejaban como nuevo.

—Lo llevo a casa. ¿Me ayuda a despertarlo?

—Hay que sacudirlo un poco. ¿Ya le estuvo contando su vida la bruja ésa?

—Me pidió que la vistiera y le pusiera una librería en Pinamar.

Se tiró atrás en la silla y esbozó una sonrisa que no disimulaba la amargura.

—A un tipo al que le habían roto los dientes le ofreció fundar una Iglesia… Es más terca que una mula, no sabe hacer nada, si sale a la calle se la lleva el viento.

—¿Y usted? ¿Terminó la ofensiva final?

—¿Eso le contó? ¡Qué hija de puta!

—¿Eligió esta casa de cobertura?

—Cuando era joven, sí. Gobernaba Mariano Moreno.

—Y a usted le tocó Vilcapugio y Ayohúma.

—El Alto Perú me tocó —se rió un poco para sí mismo—. Vea cómo me dejaron.

—Hubo amnistía, indulto, de todo… ¿Se enteró?

—Sí, pero no quiero. Yo estoy con Moreno en el barco.

—Baje y mírese al espejo.

—Ya lo hice. Hay un borracho que se ríe, un tipo repugnante. ¿Usted ya se vio?

—Varias veces. La última se me apareció un pajarraco negro.

—Me lo dieron así. Ya está muy viejo para cambiarle la canción.

—¿Alguna vez atendió un zumbido en la oreja?

—¿Tren o tormenta?

—Moscardón.

—Habría que abrir y ver. Si tuviera el instrumental… —fue hasta la biblioteca y volvió con otro libro.

—A veces es de acá —me dijo y se señaló la cabeza.

—Ahí lo tengo, sí.

—Venga un día y probamos. Total no pierde nada.

—Ayúdeme a despertar a Carballo.

Me siguió a la habitación y buscó con la mirada a Graciela.

—Dame la toalla —dijo y Graciela obedeció. Estaba tan lejos de la librería en Pinamar como yo de mi Torino.

Marinelli mojó la toalla en la canilla, se la puso a Carballo sobre la cara y esperó a que empezara a moverse.

—Si me hubiera dejado trabajar como yo sé —repitió para sí mismo y terminó el vaso de un trago.

—¿Se va a poner bien?

—Me parece que sí. Si esta noche no está diez puntos que vaya a verlo a Hadley Chase —me dijo.

—¡Que reviente ese hijo de puta! —gritó la alemana.

Carballo se levantó como pudo, dijo que todavía le dolía pero le agradeció al doctor y le dio la mano a ella. Buscó en el piyama a ver si no le quedaba algo para regalarles y como no encontró nada les ofreció sus servicios gratuitos, se deshizo en elogios por la manera en que lo habían atendido y dijo que sabía lo difícil que era el trabajo de dentista. Yo lo seguí en silencio y recién al llegar a la calle me sentí más tranquilo.

El pueblo empezaba a animarse y a lo lejos vi un ómnibus que salía hacia la ruta. Quería que Carballo se llevara un buen recuerdo de mí y cuando se sentó en el coche le alcancé la caja llena de autitos y camiones. Enseguida se sintió mejor. Rompió el celofán y los puso en fila sobre el tablero para mirarlos a todos junto. Me dijo que eran una belleza y sonrió aunque tenía la cara inflada como un globo de cumpleaños.

—¿Lo llevo al Paraíso? —pregunté.

—A buscar la ropa nomás. No se imagina la fiebre

que tenía, si hasta me pareció escuchar que cantaban la Marcha Peronista.

En el viaje se durmió de nuevo. Roncaba tanto que me pregunté si Florencia no lo habría echado por eso. Pero en la casa no quedaban signos de peleas ni rencores. Las chicas estaban alarmadas por nuestra desaparición, pero no me reprocharon que me hubiera llevado el coche. Al contrario, insistieron para que nos quedáramos unos días más, me dijeron que tenía que terminar el folletín de la tele tal como les había prometido. Al gordo le hicieron toda clase de fiestas, le pidieron que abriera la boca para ver el agujero de la muela y Claudina propuso hacer una torta de chocolate para cuando el ratoncito viniera a dejarle una moneda abajo de la almohada. Festejaban hasta los tragos amargos. Florencia no parecía recordar absolutamente nada de lo ocurrido la noche anterior y dijo que le gustaría ir a pescar y pasar un día en el campo.

—¿Y esto qué es? —dio Carballo y con un gesto abarcó toda la inmensidad—. ¿El espacio interestelar?

—Acá no hay ni flores, Esteban… ¿No te gustaría que vayamos de picnic?

Carballo no estaba para fiestas pero aceptó igual, pidió un vaso de agua para tomarse otro calmante y se olvidó del trabajo. Las mujeres corrieron a preparar los sándwiches y como les dije que prefería quedarme a trabajar me hicieron un arrollado con jamón y palmitos y me lo dejaron en la heladera.

Antes de irse me encargaron que cuidara la casa. Pensaban volver tarde porque si el coche andaba bien en una de ésas a la noche iban hasta Tandil a bailar y festejar la visita del ratoncito con el regalo para el gordo. El día se presentaba largo y frío y estuve remoloneando antes de sentarme a trabajar. Me quedé en el garaje porque de alguna manera ya me había hecho mi lugar con los pocos libros que tenía, la lámpara que me habían prestado y el colchón lleno de jorobas. Pensé quedarme un día más, leerles algo para salvar mi reputación y seguir camino. Sólo que necesitaba plata, tenía que conseguir lo suficiente para el viaje en ómnibus y poder comer y dormir en alguna parte.

Hice un par de páginas en el cuaderno, pero no me dejaron conforme, y me dije que lo mejor sería volver a leerlas más tarde, con un poco de distancia. Fui a la cocina a cortarme unas rodajas de arrollado, saqué una lata de Coca-Cola de la heladera y llevé todo al garaje. Después de comer doblé las frazadas y me tiré a ver si podía dormir un poco, pero fue inútil. Cerraba los ojos y me sentía como ausente de un combate donde esperaban mi presencia. También necesitaba una receta de Rohypnol para poder dormir. Pasé horas pensando en cómo salir del paso y llegué a la conclusión de que no me quedaba más remedio que llamar a Marcelo Goya. Fui a la casa a hablar por teléfono, pensando en lo que iba a decirle, imaginando su voz imperativa y sobradora.

Ya empezaba a oscurecer y temí no encontrar a nadie en la editorial, pero Cristina, la secretaria, estaba todavía en su puesto ensobrando gacetillas y preparando un envío de libros para los críticos. Me sorprendió que todavía se mostrara amable conmigo.

—¿Dónde te habías metido? Marcelo te está buscando desde ayer.

—¿Está ahí?

—No, en Mar del Plata, en Manantiales. Dice que lo llames a cualquier hora, que necesita que le entregues urgente el libro.

Era evidente que no se había creído la historia del incendio. De pronto pensé que quizá podía engañarlo y sacarle unos pesos, robárselos si fuera necesario. No me quedaba otra. Miré la hora y calculé que si tenía que ir caminando hasta el pueblo no llegaría a tiempo para tomar el último ómnibus del día. Llamé al hotel de Mar del Plata y dejé un mensaje para Marcelo Goya diciéndole que me esperara, que llegaría a más tardar a la mañana temprano.

33

Salí a caminar por el patio entre malvones y aromos. Era noche cerrada, con una luna tímida y sucia. Escuchaba las cigarras y los grillos y respiraba el perfume que levantaba el rocío. Había sido un largo invierno y las plantas empezaban a reverdecer. A lo lejos, en el camino, alguien prendió una fogata y me pareció escuchar voces y relinchos de caballos. Me quedé mirando la oscuridad a la que tan pocas veces había prestado atención. Las estrellas parecían moverse en el firmamento y correr una tras otra, pero si cerraba los ojos y volvía a abrirlos descubría que todo estaba en paz, como si el universo fuera inmutable y callado. ¿Cuáles eran los astros de los que mi padre le había hablado a Laura? ¿Cuáles los que nacen y todavía no brillan? ¿Eran estrellas muertas las que veía parpadear sobre mí? Desde hacía mucho anhelaba que se me apareciera una estrella fugaz para pedirle un deseo y de pronto el milagro ocurrió: algo blanco y chisporroteante recorrió el cielo. Parecía un surubí que saltaba fuera del agua. Duró tan poco que no alcancé a decirle nada; lo tomé como un buen augurio y seguí andando y fumando alrededor de la casa. Al tiempo me pareció escuchar un auto que pasaba en dirección a Colonia Vela.

Extrañaba los días en que podía ir y venir con el Torino, entrar a ver un pueblo o encontrar una laguna que no figuraba en las guías aunque el paisaje fuera chato y triste en todas partes. A medida que avanzaba la noche se levantaba una brisa fresca. No quería pescarme un resfrío así que volví al garaje con la idea de leer un poco. Cerré la puerta, me senté en la silla desvencijada y acerqué el cuaderno para leer lo que había escrito. No era mucho y estaba tan lleno de borrones que temí no entender mi propia letra. Me sentía cansado, me dolía todo el cuerpo por la falta de sueño, envidiaba la vitalidad del gordo que gozaba de cada minuto como si fuera el último. Cerré el cuaderno, apagué la luz y me tiré en el colchón sin desvestirme. Me puse una manta sobre las piernas y cerré los ojos rogando que el sueño viniera. No sé si había pasado una hora cuando el ruido de un coche que llegaba me despabiló otra vez. Pensé que venían a buscar a una de las chicas y no hice caso. Me di vuelta, me tapé la cabeza con la almohada y traté de concentrarme en una imagen sin colores ni movimiento, algo que me impidiera pensar. Pero no hubo caso: tenía la mente puesta en una mosca que revoloteaba, iba y venía con un ruido monótono, se paraba y volvía a volar. Estaba por prender la lámpara para cazarla pero me detuvo un llamado a la puerta. Al principio creí que era un error, pero el motor del auto seguía afuera. Busqué las zapatillas, me las calcé a ciegas y al levantarme tropecé con la mesa y tiré todos los libros al suelo. Abrí y no vi más que la noche cerrada y el coche parado junto al pozo. Tenía prendidas las luces de señal y al salir al patio me encontré con una silueta alta y desgarbada, quieta en la oscuridad.

Me costó reconocerlo; estaba vestido de negro como un roquero, llevaba anteojos de sol y un pucho colgando de los labios. Las sombras lo confundían todo y nos hacían iguales a los dos. Golpeados pero de pie, en silencio. Separados por unos pocos pasos y al mismo tiempo tan lejos como pueden estarlo un hijo y un padre. El destello de la luna le hacía relucir el pelo plateado y si no hubiera abierto la boca lo habría conocido por el olor o por la forma de tener el cigarrillo. Era él y todos los insomnios se me borraron de golpe, la sangre se echó a andar, los recuerdos desaparecieron y sólo quedó un formidable presente en el que estábamos cara a cara solos y a campo abierto.

Con un movimiento lento se sacó el cigarrillo de los labios y se agachó a aplastarlo contra el suelo. Sentí que con ese gesto quería transmitirme la seguridad de que la vida continúa, pero a él deben haberle dolido hasta las raíces de los pelos. Se enderezó sin vacilar y al mismo tiempo yo trastabillé en los cordones sueltos y con el mismo impulso, sin pensarlo, hice dos pasos y caí en su brazos. Me estrechó y pegó su cara a la mía, tan fuerte que no tuve tiempo de verle los ojos. Estuvimos así apretados, sin movernos, sin llorar, sin medir el tiempo ni la distancia que habíamos recorrido. Estaba tan débil que la voz le salió baja, sorda, húmeda sobre mi oído:

—Quería decirte algo ahora que es noche y las palabras se van… decirte que te quiero, hijo, que mi sueño sos vos.

Sin darme tiempo se desprendió de mis brazos, se dio vuelta y caminó con firmeza los cinco pasos que lo separaban del auto. Fue la última vez que lo vi. El coche arrancó sin prender los faros y se borró en la noche.

No sé cuánto tiempo pasó hasta que atiné a moverme, a recordar por fin el lugar donde estaba enterrado el disco. Ahora veía con claridad el árbol, las grandes dunas, la ruta sinuosa por la que había pasado con el Torino; veía al Pastor Noriega contándome sus peripecias y el Dacia con dos valijas llenas de plata. Ahí, al pie de un árbol quemado por un rayo, estaba a salvo la novela que buscaba.

Era él quién había venido a mí y me traía la llave que necesitaba para llegar al final. Por eso no lo encontré en Mar del Plata ni entre los escombros de la ciudad de cristal. Advertí que mi padre nunca había estado tan cerca de mí como en los momentos en que lo creía perdido. Era ahora, al encontrarlo, que se alejaba para siempre, que debía aprender a vivir sin él.

Fui a la casa a darme una ducha y después me quedé pensando, hablando conmigo mismo y convocando a todos mis fantasmas. Hubo un momento en que me derrumbé sobre el colchón y me dormí con un sueño profundo del que me sacaron los gritos de Carballo y las chicas que volvían del baile. El gordo me llamó desde el patio, dijo que tenía un regalo para mí y aunque estaba bastante borracho me dio la impresión de que hablaba en serio. Me abrigué y salí a decirle que me iba, que tal vez un día nos cruzáramos de nuevo por ahí. No me hizo caso, me llenó los bolsillos de huevos Kinder, me dio un banderín de los Rolling Stones y una lapicera Parker para que escribiera todos los días. Le pregunté de dónde había sacado la plata y me hizo un vago gesto que abarcaba el baúl, las chicas, el mundo entero. Tenía la cara más hinchada que antes, pero ya estaba en otra cosa. Le agradecí, puse los regalos en el bolso y le pedí a Florencia que antes de irse a dormir alguien me llevara hasta el pueblo.

Carballo no quería saber nada de despedirse, decía que le había prometido llevarlo a dar una vuelta en el tren. Le contesté que el día en que tuviera la plata lo invitaría a ir con las chicas a Bariloche y también a Tierra del Fuego y a la Quebrada de Humahuaca. Los ojos se le llenaron de lágrimas y se sacó la corbata floreada para que me la llevara de recuerdo. A mí me daba tanta pena como a él y me hubiera gustado volver a ver a Isabel, invitarla a viajar conmigo ahora que sabía hacia dónde iba. Dejé que el gordo me pasara la corbata alrededor del cuello y le hiciera el nudo, les di un beso a cada una de las chicas y como estaba totalmente desprovisto de cualquier cosa que me perteneciera me saqué los cordones de las zapatillas y se los dejé de recuerdo. Carballo los guardó con mucho cuidado en el bolsillito del saco y vino detrás de mí dando zancadas y barquinazos. Claudina se acercó con el Fiat, tocó dos veces la bocina y yo salí corriendo sin mirar atrás. Recién cuando entramos a la ruta me asomé y levanté un brazo para saludar.

Anduvimos en silencio. El auto empezaba a hacer un ruido de cigüeñal fundido y me pareció que les iba a durar muy poco. Se lo dije a Claudina y le pregunté si hacía mucho que conocía a Carballo.

—Primera vez que lo veo —me dijo—. En algún lado hay que pasar la noche, ¿no?

Ese tono resignado y cruel de la más joven ensombreció un poco la impresión que me llevaba del Paraíso. Ya era de día pero las luces del pueblo seguían prendidas. Pasamos frente a lo del doctor Marinelli, averiguamos los horarios del ómnibus y nos despedimos en la vereda. Para ella Carballo y yo éramos golondrinas que pasan, piedras en el camino; al arrancar el auto ya me había borrado del mapa. En cambio yo la veía como parte de un cuadro perfecto, de una pintura a la que ahora le faltaba la figura emblemática que había sido Isabel. Tenía la impresión de que a Carballo podía volver a encontrarlo en cualquier ómnibus. Era demasiado grande con el baúl a cuestas como para perderlo de vista. Me había halagado que llorara por mí como lo hace un chico que ve mudarse de barrio al amigo con el que jugaba a la pelota.

Esperé a que abrieran las tiendas para comprar una camisa y un pantalón decente. Pensé que podría afeitarme en la terminal mientras esperaba el primer ómnibus, pero no me alcanzaba la plata para comprar crema. Igual me pasé la hoja con un poco de jabón y me hice un corte debajo del labio. Estaba nervioso y no podía concentrarme en nada. Ahora me aparecía con toda claridad que lo que llevaba escrito en el cuaderno era el corolario del relato que había en el disco. Mi padre había salido de su selva para mostrarme la hora sin sombra.

34

Fui a sentarme en el bar y pedí un café doble. El ómnibus que venía de Lincoln llegó con media hora de atra-
so, ya de noche. Me tocó el último asiento, roto y sucio.
Iba como en una coctelera y me costó dormir. Me rondaba la cabeza la imagen de mi padre pasando la barrera de la policía para venir a verme. Tenía en la cara el frío
de sus mejillas. Me pregunté quién lo acompañaba, cómo conseguía que alguien lo llevara. Acaso el médico de
Brandsen lo había curado de algo que los otros no habían podido. Quién sabe, me dije, dónde está la piedra filosofal, el camino de peregrinaje que hay que recorrer para llegar al fondo del alma. Miré mi vida hacia atrás y
pensé que estaba a tiempo de recuperar las piezas que faltaban para que el rompecabezas tuviera un sentido. Allí
estaban el Lobo Feroz y Lucas Rosenthal, las plantitas del
doctor Destouches, la ofensiva final de Marinelli, el Archivo con Belgrano y Dorrego, mi padre vestido de roquero. Nada debía quedar afuera. Al cerrar los ojos también yo fui rebobinando mis recuerdos hasta que pude
dormirme y me encontré en la primera fila del Sheraton
mirando desfilar a Isabel. Llevaba un vestido rojo y una
serpiente con ojos de diamantes enroscada a la cintura.

Carballo aparecía una y otra vez en la pasarela manejando un tren de juguete, tocando pito, mostrando su pierna deforme cubierta de llagas. Al verme Isabel se quitaba lentamente la ropa, abajo tenía un vestido de monja y una escopeta de guerra. El público se ponía de pie, espantado, pero ella sólo me apuntaba a mí, me pedía que le devolviera la carta, me acusaba de haberle robado la muñeca y de pronto me disparaba a quemarropa.

Al despertarme estaba empapado. Vi la noche a través de la ventanilla; el ómnibus giraba en una rotonda y tomaba por una calle desierta para devolverme a ese lugar de ruptura. Bajé en la avenida Luro, conté la plata y tomé un taxi para ir en busca de Marcelo Goya. Le dije al chofer que pasara frente a los boliches de onda y se fijara si veía un Mercedes blanco. Se detuvo frente a dos, pero ninguno era el que buscaba. Después de andar unos minutos lo encontramos frente al casino. Sin perderlo de vista crucé a buscar un cajero automático con la esperanza de que la máquina se equivocara. Pero no: me tragó la tarjeta al tercer intento de arrancarle una respuesta. Corrí al casino. Me alcanzaba para una apuesta a todo o nada, como había hecho Lucas. Dejé el bolso en la consigna y caminé entre las mesas buscando a Marcelo Goya, resistiendo a la tentación de jugarme el billete a la primera bola. Escuché que cantaban todos mis números, los que significaban fuego, trenes, ruido, viaje, soledad. Aprovechando que tenía puesta la corbata de Carballo entré a la Sala de Nácar. Por fin, al fondo, ubiqué a Marcelo Goya y me acerqué a su mesa tratando de que no me viera. Estaba con una rubia dos cabezas más alta que él. Parecía tener una buena noche y lo último que esperaba era encontrarme en ese lugar y sin la novela. Yo ya sabía lo que quería de él. Me coloqué a su espalda tratando de adivinar en qué bolsillo guardaba las llaves del Mercedes.

Era como apostar a chance: derecha o izquierda. Todo o nada. Rogué que no hubiera cerca un inspector, esperé a que otros apostadores vinieran a apretujarse contra nosotros y acaricié la figura del Capitán Tormenta que Carballo me había puesto en la campera. Suavemente le metí la mano en el bolsillo de la derecha y con silenciosa alegría sentí que sacaba la sortija, que esta vez la calesita giraba para mí. Me guardé el llavero, tomé a Marcelo Goya de un brazo y le pregunté al oído, casi en un susurro, si tenía noticias de mi padre.

Se sobresaltó al verme y tardó un poco en recuperar la compostura. Me preguntó qué hacía allí, barbudo y rotoso y ni me presentó a la chica. Le conté que me había tomado un ómnibus con el propósito de solicitar su ayuda, que sólo necesitaba unos pesos para seguir viaje.

—¿Tenés la novela?

Ni cuenta se dio que había ganado y estaban tirándole fichas. La chica, en cambio, seguía los gestos del pagador como un gato los movimientos de un hilo y las sacó de mi alcance.

—La tengo, sí.

—Tu viejo está armado, ¿sabías?

—Voy a llevarlo a casa. Prestame unos pesos, ¿querés?

Me echó una mirada que mezclaba desprecio y compasión. Levantó una ficha de mil con la esperanza de que hubiera un periodista cerca y alzó la voz.

—¡Ésta es tuya, perdedor…! ¡Cantá!

El tambor giraba y el corazón empezó a darme saltos gritándome un número y otro hasta que en lugar de irme y dejarlo desairado dije con voz anhelante:

—El diecisiete…

La rueda dio unas vueltas más y salió el treinta y cuatro. Marcelo sonreía, contento con su gesto principesco, seguro de que alguien llevaría el chimento a los diarios.

—Te vas a meter en un lío —me dijo—. Te guardaste el anticipo y me querés hacer creer que se te quemó la novela… ¿Te creés que soy un otario, yo? ¡Rajá, turrito, rajá!

Se volvió hacia la mesa y empezó a repartir fichas en la segunda docena mientras la chica me miraba como a uno de esos pibes que piden plata en la calle. Le guiñé un ojo a ver cómo reaccionaba, pero su entrega a Marcelo Goya no tenía fisuras. Me devolvió un gesto de desprecio y después miró de reojo a ver si lo había registrado.

Me quedaban doscientos pesos. Los doblé a lo largo y me acerqué a otra mesa. Puse cien al ocho y el pagador se los llevó enseguida. Miré el último billete con tanto cariño como si lo hubiera fabricado yo mismo y en el momento en que el crupié cantaba "no va más" lo puse en el veintiuno. La bola dio un par de saltos y fue, oronda, a caer sobre mi número, el que tantas veces me había arruinado y ahora me salvaba.

Estuve tentado de seguir, pero pensé en el pobre Dostoievsky en Baden Baden y en Conrad que intentó suicidarse en Montecarlo y fui a cambiar las fichas. Me sentía inquieto y feliz al mismo tiempo. Crucé la calle, me acerque al que cuidaba los coches y le di diez pesos. Quedó tan contento que ni se fijó qué auto buscaba. Desactivé la alarma del Mercedes y subí con la serenidad del que acaba de cumplir con la buena acción del día. Me pregunté si Marcelo Goya me denunciaría a la policía o esperaría como un caballero a que le devolviera el coche.

Salí a la ruta sin correr mucho, manejando con la caja automática, hasta que estuve seguro de que no había policía vigilando. Puse el Mercedes a ciento ochenta, acomodé el bolso en el asiento de al lado y levanté la calefacción. Dejé atrás Miramar y Necochea con la *Pastoral* de Beethoven tronando en la cabina, con el zumbido adherido al oído igual que un alien surgido de las tinieblas.

Había hecho decenas de veces ese camino y no me explicaba cómo había podido olvidar aquellas montañas de arena. Después que dejé atrás Médanos, empezó a amanecer. El cielo se puso dorado y luego rojo, pero sin luz. A lo lejos, pero al alcance de los faros, distinguí una mancha oscura que bloqueaba el camino y empecé a frenar para esquivarla. A medida que me acercaba pude ver que se trataba de un auto que se había caído a un pozo del pavimento. Bajé las luces y me tiré a la banquina para esquivarlo y fue entonces cuando reconocí el Dacia azul del Pastor Noriega. Parecía más maltrecho que antes, con una rueda en la zanja y el paragolpes retorcido. Puse las luces de señal, saqué la pistola del bolso y me detuve un poco más adelante. El coche tenía una puerta abierta, el baúl había sido destrozado con algo cortante como un hacha y la luz de la cabina estaba encendida. Pensé que el Pastor lo habría abandonado sin molestarse en poner una baliza. Apagué el motor del Mercedes y bajé a echar un vistazo. Necesitaba dispararme en la oreja y descansar unos minutos. Prendí la linterna, me acerqué al coche, cerré la puerta para que no se le descargara la batería y descubrí que en el capó tenía pintada una frase que recordaba bien. Eran las mismas palabras que tiempo atrás yo había escrito en el Torino.

35

El tipo tenía una memoria bíblica, pero ¿de qué podía servirle esa frase sin ningún significado para él? La había copiado con témpera blanca y enseguida que la vi me dieron ganas de corregirla, de cambiar algo, rescribirla entera. Al leer lo que había imaginado tiempo atrás advertí que era exactamente lo que necesitaba ahora. Era eso lo que debía escribir en la última página. Pero, ¿por qué ese final y no uno feliz como querían las chicas del Paraíso?

Cioran decía que las palabras son gotas de silencio a través del silencio. Aunque los comienzos de un hombre cuentan, sólo damos el paso decisivo hacia nosotros mismos cuando ya no tenemos origen. A esa altura es tan difícil comprender el sentido de una vida como buscarle un significado a Dios. Sin padres, sin infancia, sin pasado alguno no nos queda otra posibilidad que afrontar lo que somos, el relato que llevamos para siempre.

Me acerqué el revólver a la cabeza y disparé dos veces; el ruido hizo efecto, como si el moscardón abandonara su posición en el tímpano y retrocediera a refugiarse en algún insondable laberinto. Fui al Mercedes a buscar un marcador y me puse a cambiar las palabras que no me gustaban. El Pastor Noriega me observaba desde lo alto de una duna, en silencio, mientras en el cielo avanzaban nubarrones de tormenta. Rehíce toda la oración, agregué nuevas tachaduras y al cabo todo volvió a parecerme tan caótico como al principio. El Pastor bajó despacio, se acercó al Dacia y de una patada le hundió la chapa de una puerta. Apenas podía reconocerlo. Los Guns N' Roses no habían hecho el trabajo a medias. Tenía un vendaje que le tapaba un ojo y había perdido parte de la oreja izquierda que estaba tapada por un plastrón de merthiolate. La boca era un agujero sin fondo y me di cuenta de que era él quien había pasado antes que nosotros por el consultorio del doctor Marinelli, el mismo al que Graciela le había pedido que fundara una Iglesia para ella.

—No sé, hermano —me dijo señalando el capó y su voz sonaba como una campana destemplada—. A mí me gustaba más como estaba antes.

Miró el Mercedes, hizo una mueca de envidia o de lástima y dijo en voz baja:

—Usted lleva una bendición, hermano. Ayúdeme con mi cruz.

—¿Quiere que lo acerque?

—No. Hágame el bien, deme una mano.

—¿Le quitaron todo?

—Hasta las estampitas se llevaron.

—Yo me porté como un cobarde. Nunca me lo voy a perdonar.

—Al profeta siempre lo dejan solo, hermano. Venga, ayúdeme.

Avanzamos entre los yuyales hasta llegar a una arboleda donde esperaba un perro sarnoso que parecía andar con él. No sé por qué lo seguía; tal vez por piedad o para no repetir mi cobardía. Llegamos al pie de una montaña de arena y me quedé a su lado oyéndolo rezar. Le contaba sus miserias al Señor y se dijo listo para redimirse en su gloria. Perdonó a su mujer y a los tipos de Morosos Empedernidos, aunque dejó abierta la posibilidad de que pudieran quemarse en el infierno. Mientras balbuceaba salmos y versículos con la vista puesta en el cielo, se escuchó un trueno y empezaron a caer las primeras gotas gruesas como uvas. Corrí a refugiarme bajo un árbol pero él se quedó hasta que estuvo bien empapado. Iba a volver al coche pensando que ya había cumplido, pero en ese momento el perro se levantó y empezó a ladrarme. Por precaución retrocedí hasta un claro en el que se estaba formando un charco y ahí en el suelo vi un hacha, un cuchillo y unos cuantos clavos desparramados.

Recién entonces comprendí que había estado haciendo una cruz con el árbol más alto. Debía llevar muchos días trabajando, talando ramas, dándose maña para imitar lo que había visto en alguna película. Me volví para increparlo porque nos estábamos mojando como estúpidos, pero no me escuchaba, estaba en otra parte, lejos de todas las penas terrenales. Agarró unos clavos, levantó la cruz con un esfuerzo sobrehumano y se la calzó sobre el hombro huesudo. El perro lo seguía y le tiraba tarascones. En silencio, vacilando, la arrastró hacia la duna y trató de subir, pero al primer intento se fue al suelo y quedó despatarrado. Corrí a ayudarlo, lo levanté y traté de persuadirlo de que no tenía nada que demostrarle a Dios, que era un cristiano ejemplar y que podía acercarlo a Bahía Blanca para que empezara de nuevo. Me miró con el único ojo enternecido y me pidió que le hiciera el favor de echarle la carga sobre la espalda.

Llovía torrencialmente y aunque había amanecido las nubes sólo dejaban pasar una luz tenue y viscosa. Hizo unos pasos tambaleándose, parecía que se enderezaba, pero a mitad de camino volvió a caer. Quedó como desmayado, pero de pronto alzó la cabeza y suplicó que volviera a ayudarlo. Esta vez consiguió remontar buena parte de la cuesta antes de derrumbarse. Me dio la impresión de que se había quebrado un brazo, pero él ni se daba cuenta. El tronco pesaba más de lo que podían llevar cinco hombres y al comprobar que yo era su único testigo, su apóstol involuntario, me invadió una extraña sensación de pesadumbre. Sentí de una manera irrefutable que en ese mismo instante, lejos de ahí, mi padre llegaba al final de su camino. Entonces decidí ayudarlo a cargar la cruz. Subí hundiendo los talones en la arena mojada, me agaché a levantar la otra punta del tronco y alcanzamos a levantarlo lo suficiente para ponernos abajo y cargarlo hacia la cima de ese Gólgota de pacotilla.

La pendiente era más empinada de lo que imaginaba y sin embargo avanzábamos. Sudando, puteando, resbalando, empujamos hasta que el tronco nos pudo otra vez y caímos rodando. De pronto nos encontrábamos como al principio aunque algo había cambiado: ahora para mí era una cuestión de honor. Existiera Dios o no, algo superior nos estaba contemplando. Mi padre desde la ciudad de cristal, los tipos de Morosos Empedernidos, Laura y Bill allá en el fondo de los tiempos. Isabel en el Sheraton, Lucas Rosenthal recitando Sófocles en medio del incendio. Me quité la campera, le di unas palmadas al perro que seguía mordisqueándome los tobillos y a los gritos volvimos a intentarlo. El Pastor estaba tan débil y derrengado que dos veces el armatoste volvió a aplastarlo contra el piso y tuve que enderezarle el hombro para que pudiera seguir.

La locura que lo poseía me había ganado a mí también y me dije que si no conseguía llevar el tronco hasta arriba de la montaña nunca podría hacer algo que valiera la pena. Quería demostrarle a mi padre que sabía hacer frente a la adversidad, que iba a subir la cruz y escribir la novela. Sentí que se me abrían heridas en la espalda y en la cabeza, que las manos me sangraban. Tenía cortezas clavadas por todas partes, el zumbido había vuelto convertido en tempestad.

A mi lado el Pastor se iba disgregando convertido en laga abierta, en un golem deforme. A medida que ganaba terreno perdía otro pedazo, se transformaba en algo incompleto y monstruoso. Al fin pude abrazarme al tronco y arquear la cintura, empujar con más fuerza y sostenerme cada vez que perdía pie. Al cabo de una eternidad, sin aliento, alcancé a poner un pie en lo alto. Sentí que mi zapatilla se doblaba en la arena apretada por la lluvia y le grité al Pastor que aguantara, que sostuviera fuerte la cruz, que ya estábamos en las puertas del cielo y al decirlo tuve la sensación de que desde esa puerta alguien me tendía una mano que no iba a dejarme caer, un brazo firme y sólido que me daba la bienvenida.

Tuve una nítida alucinación en la que mi padre se despedía de mí con una sonrisa y un beso en la mejilla. Lancé un aullido desesperado, avancé la otra pierna y levanté el tronco hasta que me pareció que se perdía allá arriba entre los nubarrones. El Pastor se derrumbó a mi lado. Era una piltrafa, un espantajo, una bolsa de basura pestilente. Alzó la cabeza destrozada, se arrastró hasta la cruz que oscilaba sobre mi hombro y la empujó con la escasa fuerza que le quedaba. El esperpento me llevó un pedazo de camisa, dio un brinco extraño y fue a estrellarse contra el suelo.

Lo habíamos conseguido. De pronto sentí que todo empezaba desde cero, que ya no lamentaría nada de lo que dejaba atrás, que donde fuera que estuviese mi padre se sentiría orgulloso de mí. Me di vuelta y vi al Pastor que se arrastraba y se acostaba sobre la cruz. Abrió la boca, escupió algo que llevaba en la boca y me tendió los clavos con un ruego inaudible. No podía seguirlo más lejos. Bajé la duna a los tropezones ganado por el horror. Me llevé por delante al perro y caí de narices en el barro. Me quedé quieto, callado, oyendo los llamados del Pastor, sintiendo el picoteo de la lluvia, la blandura de la arena y el perfume de los árboles. Recogí unas gotas de agua fresca del charco y cerré los ojos para despedirme de mi padre. Allí estaba, grande y risueño en su Buick flamante; ágil y poderoso como el Corsario Negro. Me decía adiós y no había en su boca el rictus de la muerte sino un beso que volaba y se congelaba en el aire como una estrella recién nacida. Apreté muy fuerte los ojos para retenerla, para guardarla dentro de mí y después los abrí bien grandes para presentarme de nuevo ante el mundo.

Lo primero que vi fue el bolso con los restos de mi vida pasada. Todo cabía en él, mis libros, mis miedos, el cuaderno y los amores que había tenido. A lo lejos, torcido y solitario, quemado por el rayo, estaba mi árbol. Me levanté y corrí. Tenía el pecho agitado y el moscardón rugía con furia en mi cabeza. Llegué hasta unos matorrales tupidos y alcancé a ocultarme para ver a la grúa de la policía que se alejaba con el Mercedes.

Esperé a que desapareciera para vaciar el cargador cerca de la oreja. El ruido de las balas flotó en el aire y se desvaneció con un eco distante. Guardé el arma y con una silenciosa alegría me acerqué al árbol. Me dejé caer de rodillas y empecé a cavar con las uñas, a remover barro y piedras hasta que sentí el roce del plástico mojado. Tuve que recostarme a tomar aliento antes de seguir. El cielo empezaba a abrirse y por entre los nubarrones se filtraban los primeros rayos de sol.

Aparté con cuidado las raíces y las hojas secas y saqué la bolsa. Adentro me esperaba, negro y perfecto, el
disco con la novela. Todo lo que había escrito sobre mi
padre y sobre mí estaba ahí.

Sólo faltaba agregar el final.

Génesis y escritura de *La hora sin sombra*

"Tenía quince líneas sólidas y muchas ideas vagas. Se me mezclaban las ideas de un proyecto sobre la noche con la necesidad de hacer algo más extenso con ese personaje de mi viejo, que ya no es mi viejo desde hace bastante tiempo. Quería escribir la historia de alguien que hacía un largo viaje con su padre. Pero lo que iba saliendo era una historia de desencuentros. Sabía, por ejemplo, que el hijo era escritor y andaba buscando a su viejo. En realidad, el hijo piensa que busca a su padre, pero no lo busca un carajo: es el padre el que lo busca a él. El hijo busca escribir una novela y la pierde, se le va todo a la mierda, se le quema la computadora, el auto, todo. Pero el personaje principal es el padre".

Entrevista con Miguel Russo,
La Maga, agosto de 1994.

"La novela empieza en el momento en que el padre se escapa del Hospital Argerich. El hijo lo ha dejado allí agonizante; no se quiere hacer cargo. Agarra un coche, se manda a la ruta y llega hasta Tucumán. Y allí le avisan, no lo que él esperaba (es decir, que su padre ha muerto) sino que el viejo se ha escapado del hospital, con un cuchillo y vestido con la ropa de un rockero que también estaba internado por haberse caído del escenario en un concierto. Una vez asimilada la noticia, el hijo se plantea qué busca alguien que va a morir (y a quien él ha abandonado). Esta presunta búsqueda del padre fugitivo le va a plantear su propio destino, es decir qué carajo hacemos en la vida y hasta qué punto la muerte es una parte esencial de la vida. Que no sólo no podemos ignorar, sino que también tiene ese aspecto de rendición de cuentas".

Entrevista con Luis Bruschtein,
Página/12, octubre de 1995.

"No tengo una definición del miedo. Tampoco me paro a contemplarlo. Mis miedos son como ajenos. Por supuesto, le tengo miedo a la muerte, a la mía y a la de los otros. Así como tengo el miedo a escribir, o a no escribir más. Ahora, por ejemplo, estoy en medio de una novela y vivo espantado. Pero supongo que el miedo pasa a la narrativa como una suerte de tensión, que se traduce en misterio. Yo no puedo sentarme a escribir sin ese misterio. La cuestión es transformar el miedo en suspenso: detrás de todos los peligros debe estar la muerte".

De una charla pública de 1994, publicada
en *Rosario/12*, febrero de 1998)

"A lo mejor como autor me equivoco, pero el primero y más central de los temas de mi obra es la soledad. No hay casi novela mía en la que no plantee esa idea. Mis personajes en general son solos, nunca se casaron o ya no están casados y creo que ninguno tenía hijos, antes de esta novela. Son como gente a la intemperie. Y ahí aparece otro de mis temas, que vendría a ser las situaciones límite en las que desembocan esos tipos, cuando su vida es de pronto puesta a prueba".

Entrevista con Verónica Chiaravalli,
La Nación, agosto de 1996.

"Cuando supe que era una historia de desencuentros, me fue saliendo algo que jamás había hecho: contar una historia que se desarrolla entre 1943 y 1994. Empieza en el 43 porque es la fecha del golpe de Estado, de la moralina, de la instalación de un clima que va a durar casi cuarenta años. Y, además, es el año de mi nacimiento. Se me ocurrió que el hijo trabajara en el Archivo General de la Nación, cosa que me permitiría meterme una vez más en la historia argentina".

Entrevista con Miguel Russo,
La Maga, agosto de 1994)

"Habría que preguntarse cuál es la principal materia prima de trabajo para el escritor argentino de hoy. A esta altura de mi vida, creo que la Argentina es mi especialidad. ¿Qué otra cosa podría contar, salvo lo que creo que define hoy a este país? Que no es el mate precisamente, sino la frustración. Éste es el único país del mundo que involucionó cuando supuestamente aún estaba creciendo. Por eso lo del Torino no es caprichoso: es el último suspiro de la Argentina con proyecto, conviviendo con todo tipo de individuos fracasados y paisajes inhóspitos, con referencias al peronismo y a la dictadura militar pero también con una nueva credulidad, fruto del fin de las grandes utopías. Toda sociedad transmite lo que le pasa —lo más banal y lo más profundo— sin darse cuenta, en las caras de la gente. Lo que las personas llevan consigo es un relato que hay que saber leer, un buen o un mal relato. Y éste es un momento en el cual todo el mundo es capaz de creer casi en cualquier cosa. Hay gente currando con las cosas más insólitas. El otro día el pastor Giménez hizo bajar a Jesucristo en un teatro de acá nomás, en plena Capital. Y yo pensaba: carajo, ha de estar llegando Jesucristo nomás, porque me lo estoy creyendo. ¿Y por qué? Porque el pastor Giménez lo cuenta bien, es un buen narrador. Todo este fenómeno me parece muy referencial de la Argentina. En Francia no es conocido el Sai Baba, por ejemplo. Las europeas son sociedades más impermeables al cuenterismo. Lo que pasa, claro, es que acá nos llegan los relatos más descabellados. Y ya se sabe: por descabellado que sea un relato, cuanto más trabaja con las ilusiones y las asignaturas pendientes, más verosímil suena".

Entrevista con Judith Gociol,
La Maga, noviembre de 1995.

"El narrador cuenta la historia desde la actualidad. Desde ese 1994 viaja en la memoria hasta 1943 y va a recorrer, de una manera para nada lineal, la historia de sus progenitores. En esa mirada a los padres hay un poco de todo: están los padres genéticos, los padres de la literatura y los padres de la patria, y la pregunta de quiénes son nuestros verdaderos padres, nuestras figuras ejemplares, y cuáles son las preguntas que más evitamos sobre la vida y la muerte, de las cuales la novela actual casi ya no habla".

Entrevista con Luis Bruschtein,
Página/12, octubre de 1995.

"En el 43, el padre es un joven inspector de la Paramount cuyo trabajo es cuidar que a los artistas de ese sello los pasen bien en los cines del país. Es decir, que no

232

haya ninguna rayita en la proyección de las películas con Lana Turner o Robert Taylor. Ese joven inspector viaja por todo el interior del país y en uno de esos viajes se encuentra accidentalmente con la que va a ser su esposa. La mujer ha llegado con su amante a ese pueblito y es lo que hoy se llamaría una modelo: trabaja posando para las fotos de los avisos de jabón Palmolive, es la mina que compite con las nueve de cada diez estrellas de cine que usaban Lux. Nunca había hecho un personaje femenino así, tan fuerte y tan difícil de desentrañar".

Entrevista con Miguel Russo,
La Maga, agosto de 1994.

"Mis libros suelen estar protagonizados por parejas de camaradas masculinos. Las mujeres siempre aparecen como presencias lejanas. Supongo que será así porque no tengo modelos femeninos a lo largo de mi infancia. No recuerdo a mi abuela, por ejemplo, ni tuve una presencia que es capital en la historia de la humanidad: la tía. Mi madre no era una mujer dada al abrazo, las caricias o el contacto físico conmigo. Mi padre tampoco: para saludarme me daba la mano, y cuando ya fui adulto y estábamos fuera de casa, delante de otras personas, me llamaba Soriano, nunca Osvaldo. La gente llegaba entonces a las conclusiones más extrañas: que yo era un pariente lejano de mi padre, que era su sobrino. No quiero decir que haya sido rechazado por mis padres, sólo que ellos ponían cierta distancia, algo que es extraño siendo yo su único hijo. Todas estas cosas quedan marcadas, aunque trato de vencerlas cuando trabajo, pero, de hecho, a mí siempre me resultó difícil relacionarme con las mujeres, poder llegar a manifestar ternura. Tal vez este asunto haya sido bueno para mí literariamente: los momentos en los que más me emociono en mi trabajo es cuando describo cosas que yo no tuve, y las sublimo escribiendo".

Entrevista con Verónica Chiaravalli,
La Nación, agosto de 1996.

"En esa última novela, Soriano se permitió enfrentar no sólo la búsqueda de la figura del padre sino también la de la madre, que en el fondo es más enigmática. Creo que en ese libro Osvaldo enfrentó por primera vez la tarea de encontrarle una respuesta al enigma de lo femenino. No es menor que haya elegido convertirla en una modelo, porque finalmente alguien que es modelo actúa con su exterior, es puro exterior. Me refiero a la dificultad de Osvaldo para retratar a las mujeres como personajes, de escribir subjetivamente desde el interior de una mujer. En la novela no se sabe muy bien lo que ella piensa ni por qué actúa como actúa. Mientras que en el padre está permanentemente la cuestión interior: qué es lo que busca, qué es lo que quiere, por qué se escapa del hospital. Aparece como enigmático pero de otra manera, porque la idea de Soriano era trabajar dos tipos de interrogaciones diferentes".

Félix Samoilovich, en el documental
Soriano, de E. Montes Bradley.

"El hijo nunca pudo perdonarle a la madre que lo hubiera abandonado. Por este motivo es que decide escapar cuando descubre que su padre está a punto de dejarlo solo en este mundo. No puede hacer frente al dolor inevitable de otra muerte: se niega a ser *el último sobreviviente de una historia que no le importa a nadie*, como anota en su block de apuntes. Pero cuando se entera de que su padre no ha muerto sino que se ha escapado, vivito y coleando, del hospital donde agonizaba, empieza una búsqueda desesperada para encontrar al único que puede revelarle la clave de la historia y darle el final que necesita para su novela".

Crítica de Natalia Blanc,
Clarín, mayo de 1996.

"El hijo intenta reconstruir esa novela que se le perdió, pero eso se le cruza con las noticias que va teniendo del padre prófugo. El pibe está siempre solo, por más que coincida a veces con alguien en algún trayecto de su viaje. Siempre hay una soledad que se acentúa al situar la historia en zonas de la llanura, porque en la llanura estamos más en bolas. Vos meás en los yuyos, nunca hay paredes; si te encontrás con alguien, tampoco. Esto vuelve la acción más inquietante y a mí me permite lidiar con el paisaje que más conozco, literal y metafóricamente hablando".

Entrevista con Judith Gociol,
La Maga, noviembre de 1995.

"Cuando tenía siete u ocho años mis padres deben haber tenido ganas de adoptar, porque me preguntaron si quería tener un hermano. Yo respondí que no. Imagínese, un extraño que viniera a tocar mis pocos juguetes, ¡ni loco! Pero, al mismo tiempo, me hubiera gustado tener un hermano para jugar. Pensándolo desde ese punto de vista, esa rara pareja de camaradas de mi nueva novela es probable que seamos mi padre y yo, pero también el hermano que no tuve y yo".

Entrevista con Verónica Chiaravalli,
La Nación, agosto de 1996.

"De vuelta a casa. La novela terminada, copiada en cinco disquetes separados por precaución: uno en el bolsillo, otro en el bolso, el tercero en la valija, uno más por correo y el quinto allá en París, en manos de Eduardo Febbro. ¿Qué trae?, me pregunta el de la Aduana y mira feo mi Macintosh. Nada, digo, y explico que la máquina viajó conmigo, figura en el pasaporte. El tipo mira mi pasaporte, mira la Powerbook, me la hace prender. Después busca entre medias sucias y camisas arrugadas. Me pregunto si tanto celo se justifica por el combate contra las mafias que ha denunciado Cavallo o será que el tipo busca otra cosa que ni él ni yo sabemos qué es".

En un artículo publicado en Página/12,
septiembre de 1995.

"El antihéroe de la última novela de Soriano no tiene nombre ni apellido y podría haber sido actor, arquitecto, abogado o cualquier otra cosa. Pero es escritor y está intentando desesperadamente reescribir una novela que acaba de esfumársele. Esa decisión despeja el camino para que el libro avance en dos direcciones: por un lado, da vía libre a la narración. Y por el otro, permite que el autor interrumpa el hilo del relato para dar su opinión sobre el proceso de la creación en el violento oficio de escribir. Así como existen películas que muestran la filmación de otra película, *La hora sin sombra* es una novela sobre la creación de una novela. El protagonista debe enfrentarse con los recuerdos de su madre, con la enfermedad que consume a su padre y con la sensación de fracaso que lo acompaña mientras intenta reunir los fragmentos dispersos de su novela, que dejó enterrados en la ruta, al lado de un sauce quemado, con un párrafo final que se le ocurrió de repente, mientras orinaba, y que anotó con marcador rojo en el capó del viejo Torino".

Crítica de Natalia Blanc,
Clarín, mayo de 1996.

"Creo que esta novela tiene el mejor final que he escrito. De algún modo cierra este problema de enfrentar el final, porque desde el punto de vista religioso yo no creo en nada, pero sé que la mayoría de la gente cree en algo, cualquier cosa. No sólo prosperan todos los que venden algo del más allá, sino también los que venden la falsa inmortalidad en este mundo, donde en lugar de vivir sus años, la gente se los resta. En el fondo eso esconde una dolorosísima angustia frente a la muerte".

Entrevista con Luis Bruschtein,
Página/12, octubre de 1995.

"Tengo la certeza de que, si un día sé lo que va a pasar en los próximos capítulos de algo que estoy escribiendo, voy a hacer una cagada. Con Manuel Puig nos reíamos mucho de esos temas. Él sabía todo lo que iba a pasarle a los personajes a lo largo de una novela, antes de sentarse a escribirla. Yo no sé siquiera lo que va a ocurrir en la página siguiente".

Entrevista con Miguel Russo,
La Maga, agosto de 1994.

"Querido amigo Osvaldo Soriano: usted me ha llevado, con mano segura y delicada, a lo largo de situaciones y aventuras extrañas, divertidísimas, hasta la última línea de la última página de su espléndida novela. El personaje del padre me parece muy grato, muy logrado. Hoy, cuando emprenda otras lecturas, echaré de menos el magistral ritmo de *La hora sin sombra*".

Adolfo Bioy Casares, en una carta
a OS, diciembre de 1995.

ÍNDICE